KB193879

가족 없는 나에게 가족이 있다는 것

박인경

추천사

<가족 없는 나에게 가족이 있다는 것>의 추천사를 쓰고 있는 저는 일 년 반 전쯤, 고립과 외로움을 주제로 다룬 한 TV 시사 기획 프로그램에서 인터뷰어로, 또 내레이터로 출연하면서 박인경 작가를 만나게 되었습니다. 놀라운 젊은이였습니다. 가정폭력으로 가출을 결행한 후 그룹홈에서 고교 생활을 해내고 대학에 진학하여 국제정치를 전공하고 미국으로 건너가 국제정치 관련 기관에서 인턴십을 했지요. 귀국 후 자립 준비 청년으로서 여러 가지 일을 하며 지금까지 살아오는 과정에서 그간 만들어 낸 성취에도 감탄했지만, 무엇보다도 그가 가진 긍정성과 밝음은 참으로 커다란 감동을 주었습니다.

박인경 작가는 책에서 이렇게 말합니다. "평범한 대학 생활을 보내면서도 한 가지 약간 부담이 되는 일이 있다면 인간관계를 맺는 것이었습니다. 사람들과 친해지며 저에 대해 이야기하는 것이 꽤 어려웠기 때문입니다. 어딘가 사연 있는 사람으로 비칠까 싶었고… 그래서 되도록 제 이야기하길 꺼렸습니다. 친한 친구들에게조차 속마음을 이야기하긴 어려웠습니다."

그랬던 작가가 이 책에서는 자신에 관한 모든 얘기들을 꺼내놓고 있습니다. 그리고 책의 뒷부분에서는 이렇게 말합니다. "'어떻게 잘 살아갈 수 있을까?' 막막하고 불안한 마음이 밀려들 때면 항상 일기를 썼습니다. 덕분에 지금 지난 시간을 돌아보며 글을 쓸 수 있었습니다.

기억은 저편으로 사라지지만 기록은 언제라도 들여다볼 수 있어 다행입니다."

작가는 자기 자신과 제대로 대면한 것이지요. '남들이, 세상이 나를 어떻게 볼까?'하는 두려움과 불안을 이겨내고 자신을 있는 그대로 만나고 인정하고, 드러내는 것은 쉬운 일이 아닙니다. 저도 회사 은퇴 후 신문 칼럼을 쓰고 책을 쓰는 작가로서 지내오고 있습니다. 저 역시 글을 쓰면서 저 자신과 대면하고, 자신을 좀 더 잘 알게 된 것 같습니다. 그러면서 저의 아팠던 개인사도 있는 그대로 세상에 드러내면서 홀가분하고, 가벼워진 마음으로 살 수 있게 된 것 같습니다.

그 방송 출연 이후로 지금까지 박인경 작가와 저는 친구가 되었습니다. 그건 박인경 작가도, 저 자신도 비슷한 마음 바탕으로 살고 있기 때문인 것 같습니다. 나의 삶을 있는 그대로 바라보고, 껴안고, 내 삶의 주인이 되어 살아가려고 애쓴다는 것. 그러니 28살의 작가와 70살의 추천자는 다를 게 없습니다. 오히려 그가 훨씬 젊은 나이에 그걸 알게 되었으니 저보다 앞선 것이지요!

이병남(전 LG 인화원 사장, 작가)

인경 학생은 항상 맨 앞 줄에 앉아 수업을 들으면서 적극적으로 질문하는 학생이었습니다. 항상 맑고 밝은 모습으로 수업을 들었고, 한 번도 결석한 적이 없기에 인경 학생이 학업에만 집중할 수 있는 환경에서 학교에 다니는 줄 알았습니다. 어느 날 인경 학생과 면담을 하면서 수업 시간에는 몰랐던 인경 학생에 대해 조금 알게 되었습니다. 제 생각과 달리, 경제적으로 어려운 환경에서 여러 아르바이트를 하면서도 그렇게 우수한 성적으로 학업을 마친 것에 놀랐던 기억이 납니다. 이뿐만 아니라, 어린 학생이 감당하기 어려운 환경에도 불구하고 누구보다 밝고 당당한 인경 학생의 모습은 제게 큰 감동으로 다가왔습니다. 강한 의지를 가지고 포기하지만 않으면 전쟁 같은 경쟁 사회에서 이길 수 있다고 말해주었지만, 마음 속으로는 인경 학생은 이미 어떠한 난관도 견디어 나갈 수 있다고 생각했습니다.

요즘 '폭싹 속았수다'라는 드라마가 국민에게 위로와 힘을 주고 있습니다. 인경 학생이 써낸 '가족 없는 나에게 가족이 있다는 것'은 '폭싹 속았수다'에 못지않은 감동과 위로를 독자에게 가져다줄 것이라고 확신합니다. 인경 학생이 감당할 수 없을 것 같은 역경을 극복할 수 있었던 이유는 인경 학생과 역경을 같이 나누고 같이 웃고 슬퍼하는 주위 분들이 있었기 때문일 것입니다. 미국에서 18년을 살아 본 제 경험으로는 한국 사회가 아무리 각박해졌다고 하더라도 한국은 사람 때문에 살만한, 아름다운 곳입니다.

이 책을 읽은 분들도 역경이 닥칠 때마다 도움의 손을 내민다면, 많은 주위 사람들이 따뜻하게 그 손을 잡아줄 것입니다.

문우진(아주대학교 정치외교학과 교수)

사랑의 눈으로 보듬어 주세요.

평범한 가족이 있다는 것을 당연하게 느끼며 살았지만, 그룹홈 아이들을 만나고 나서 평범함이 주는 위대함이 얼마나 큰지 몸소 체득하며 살아온 날들이었다.

아이들은 여느 보통 아이들과 같았다. 그에 주어진 환경, 가족, 부모가 아이들을 억누르는 커다란 그림자처럼 어둠을 드리웠다. 아이들은 원가정을 벗어나서 대안 가정인 그룹홈에서 생활하면서 고샅에서 한참을 머무르다 마침내 가족 구성원으로 들어왔다.

처음부터 낯섦을 표시하는 아이들, 당연하였다.

그럴 때마다 그 당연함을 만들어 낸 가족과 부모를 마음속에서 얼마나 대적하였는지 모른다. 아이들과 함께 울고, 웃고, 놀고, 자라는 그룹홈 내에서 유독 반짝이는 아이가 이 책의 저자였다. 학창 시절부터 많은 달란트와 더불어 노력형 인재를 우리가 이렇게 시골 산자락에서 시간에 편승하며 대충 키우는 것은 아닐까 불안했다. 감히 키운다는 말보다는 커 가는 것을 조용히 바라봐 주는 것이 맞을지도 모르겠다.

저자는 우리 그룹홈의 자랑이고, 우리 아이들에겐 기쁨이고 큰 언덕이다. 어려운 여건 속에서도 포기하지 않고 당당한 자존심으로 세상에 맞서며 꿋꿋하게 살아왔기 때문이다.

이 책은 저자가 세상에 자신에게 있는 모습 그대로를 드러내는 자신을 향한 고백이고, 자립 준비 청년들을 사랑의 눈으로 보듬어 달라는 부르짖음이다.

이 땅 위의 모든 자립 준비 청년들이 외로움에 맞서 싸울 때, 가정이란 울타리 안에서 안온하게 살아온 것을 미안해하며 책읽기를 마쳤다. 생생하고 치열하게 살아냈던 삶의 현장 속에서 미처 써내지 못한 아픈 형용사들, 행간마다 흐르는 진실한 목소리를 공감해 주시면서 책 읽는 즐거움을 누리셨으면 한다.

최인석(창조의 집 그룹홈 시설장)

목차

프롤로그 - 내 편이 없다면 내가 내 편이 되자 _ 10

가장 무섭지만 가장 의지했던, 아버지 (부제: 나의 어린 시절 1편) _ 15

분노와 안쓰러움이라는 양가감정 (부제: 나의 어린 시절 2편) _ 21

애가 애를 키운다는 것 (부제: 장애인인 내 동생) _ 27

내가 가출한 이유 (부제: 살려고) _ 33

지금 어디로 가는 거예요? (부제: 아동 보육시설 그룹홈) _ 39

참 닮고 싶은, (부제: 그룹홈 목사님, 사모님과의 소중한 인연) _ 45

실례지만 자랑 좀 하겠습니다. (부제: 즐거운 대학 생활) _ 51

부모님은 뭐 하시니? (부제: 맹장 수술과 보호자) _ 59

돈은 없지만, 미국은 가고 싶다면 (부제: 정부 지원 해외 인턴 프로그램) _ 67

미국엔 있고 한국엔 없는 것 (부제: 미국 생활과 문화) _ 75

사치인 줄 알았던 미국 여행의 가치 (부제: 밤과 바다 그리고 선인장) _ 85

어학연수 하러 갔다가 911을 부른 이유 (부제: 어학연수 그리고 구직) _ 95

미국 회사에 한국인 인턴이 일하면 좋은 점 (부제: 싱크탱크 인턴 생활) _ 105

코로나 시기, 미국에서, 동양인으로 산다는 것 (부제: 코로나가 바꾼 미국 생활) _ 115

고시원 생활 : 견딜만한 지옥 _ 127

고시원 탈출 : 견딜 수 없는 지옥 _ 135

백수 1년 차, 이것저것 하다 이도 저도 안 된 _ 143

백수 2년 차, 그래도 밥벌이는 해야 하니까 _ 151

가족이 없었는데요, 있었습니다. (부제: 사라진 아버지, 나타난 어머니 1편) _ 161

엄마가 없었는데요, 있었습니다. (부제: 사라진 아버지, 나타난 어머니 2편) _ 169

3년 차 백수를 집에서 나오게 한 것은 (부제: 자립 준비 청년 셰어하우스?) _ 175

첫 방송 출연이라고 너무 오버했나? (부제: 생애 첫 방송 출연 1편) _ 185

20대 때로 돌아갈 수 있다면 뭐 하고 싶으세요? (부제: 생애 첫 방송 출연 2편) _ 195

아이들 가르치며 터득한 '잘 가르치는 법' (부제: 영어 요리 강사가 된 주디쌤!) _ 203

사회적 가족, 혈연을 넘다 (부제: 든든한 사회적 관계망이 있다면) _ 213

몸치고요, 영어 뮤지컬 강사입니다 (부제: 영어 뮤지컬 강사가 된 주디쌤!) _ 223

고용불안의 그림자가 드리우는 줄도 모르고 (부제: 입사 그리고 퇴사) _ 233

더 많이 실패하기 위해 (부제: 앞으로의 인생을 위한 지침서 만들기) _ 241

에필로그 - 내 편이 없다고 생각했는데 _ 250

프롤로그 - 내 편이 없다면 내가 내 편이 되자

프롤로그 - 내 편이 없다면 내가 내 편이 되자

저는 아동보호시설에 입소 후 퇴소해 자립해 나가고 있는 '자립 준비 청년'입니다. 요즘은 잘 쓰진 않지만, 자립 준비 청년이라는 말이 생소한 분들께는 '고아'라는 표현이 더욱 와닿는 설명이 될지 모르겠습니다.

자립 준비 청년이라고 하기엔 가족도 있었고, 비교적 늦은 나이에 아동보호시설에 입소했지만 나름의 사연이 있었습니다.

저는 어릴 적 심한 알코올 중독인 아버지와 장애가 있는 남동생과 함께 살았습니다. 어머니는 제가 어렸을 때 집을 나가셨다 들었습니다. 아버지와 살며 셀 수 없는 폭력에 시달리기도 했습니다. 학년이 올라갈수록 아버지의 폭력은 더욱 심해졌습니다. 결국 다짐했습니다.

"내 편이 없다면 내가 내 편이 되자."

그간 이겨내기 어려운 시기들도 있었지만, 많은 분의 도움 덕에 씩씩하게 잘 살아가고 있습니다. 현재는 비영리단체에서 근무하고 있습니다.

'근데 나, 잘 살아가고 있나?'

문득 20대 후반에 접어들며 막연한 불안감이 들었습니다. 그동안의 삶을 돌아보고 도움 주신 분들께도 감사함을 전하는 글을 써보고자 합니다. 씩씩하게 살고자 꾹꾹 눌러뒀던 감정들에도 조금은 솔직해져 보려고 합니다.

박인경

가장 무섭지만 가장 의지했던, 아버지

(부제: 나의 어린 시절 1편)

"엄마가 없으니, 네가 엄마 역할을 해야 해.
안 그러면 나 뛰어내린다?"

저는 지방의 한 병원에서 1남 1녀 중 첫째, 약 2.7kg의 아이로 태어났습니다.

진부한 자기소개서의 시작 같기도 하지만 조금 더 이어가 보자면
낮엔 누구보다 헌신적이지만
밤엔 술에 찌든 아버지,
귀엽지만 보면 볼수록 안쓰러운 동생,
은퇴 후 게이트볼을 종종 치러 나가시던 할아버지,
못하는 요리가 없으셨던 할머니와 한집에 살았습니다.

아주 어릴 땐 아버지, 동생과 어딘가 불이 잘 들지 않는 집에서 지내면서 쥐가 나오면 열심히 꼬리를 잡고 흔들었던 기억이 있습니다. 그러다 6살이 될 무렵, 할머니 할아버지가 사시던 아파트에 들어가 함께 살게 되었습니다. 할머니는 은행을 종종 간식으로 구워주셨습니다. 못하는 요리가 없으셔서 집에서는 전기장판이 주로 메주를 숙성하는 용도로 쓰이곤 했습니다. 할아버지는 초등학교 선생님으로 계시다가 은퇴 후 게이트볼을 종종 치시며 여유로운 노후를 보내고 계셨습니다. 아버지한테 듣기로는 떡을 좋아하기로 유명한 선생님이었다고 했습니다.

집에는 항상 기초생활보장 수급자 가정에 지급되는 함바그, 미트볼 등이 쌓여있었습니다. 집 안에는 바퀴벌레가 너무 많아 나중에는 맨손

으로도 쓱쓱 잡아내는 경지에 이르렀습니다. 어렸을 때는 주전자에 보리차를 끓여 마셨는데, 입안에 싸한 느낌이 들어 뱉어보면 종종 바퀴벌레 한 마리가 인사하곤 했습니다.

제가 어린 시절 가장 무서워하면서 동시에 가장 의지했던 아버지는 술을 달고 사셨습니다. 어린 제 눈에도 고단한 일상을 술에 의지하며 버티는 듯 보였습니다. 술을 마시면 완전히 다른 인격을 가진 사람이 되기도 했습니다. 아버지는 술을 마시면 항상 심심하셨는지 제게 끊임없이 말을 거셨습니다. 때로는 제게 술을 권하기도 했습니다. 술은 내키지 않아 종종 옆에서 돼지껍데기만 주워 먹었습니다.

어머니는 어느 날 집을 나가셨다고 했습니다. 아마 아버지의 폭력 때문일 것이라 짐작했습니다. 술을 마시고 저, 심지어는 할머니 할아버지에게도 손찌검하곤 했습니다. '엄마가 없으니, 네가 엄마 역할을 하라'며 협박하는 일도 부지기수였습니다. 어수선한 집구석과는 다르게 초등학교 시절, 저는 제법 똘똘한 학생이었습니다. 전교 회장에 나가 당선되기도 했습니다. 제가 나름대로 공부를 열심히 했던 건 열심히 하는 아이에게 주는 선생님의 살가운 관심 때문에? 혹은 적어도 공부하는 아이를 무시하지는 않는 학급 분위기 때문이었는지도 모르겠습니다.

학교에서 상장을 받아오면 할아버지께서 5,000원씩 용돈을 주시곤 했습니다. 오랜만에 생활기록부를 열어 확인해 보니 초등학교 시절 83개의 상장을 받았습니다. 평생 받을 상을 이때 다 받은 것 같습니다.

5,000원 * 83개 = 415,000원이니 초등학생으로서는 꽤 쏠쏠한 재테크였던 셈입니다.

수업이 끝나면 피아노 학원에 잠깐 다녔습니다. 피아노를 치는 것보단 노래 부르는 것을 더 좋아하는 저였지만 피아노 학원 원장님께서 옷도 많이 주시고 워낙 잘 챙겨주셨습니다. '피아노 선생님이 엄마면 얼마나 좋을까?' 생각이 들 정도였습니다. 학원에서 강사로 일할 때, 아이들과 수업하면서 가족과 놀러 간다며 자랑하는 아이들을 보면 흐뭇하기도 하고 아주 약간은 부러운 마음이 들기도 했습니다. 제가 어렸을 때는 아버지, 동생과 어딘가 멀리 여행을 간 적은 없지만, 미술대회에 나가거나 벚꽃 축제 등에 함께 가는 것만으로도 만족했습니다. 그랬던 제가 처음으로 해외에 나갈 수 있었던 것은 초등학교 5학년, 캐나다 단기 어학연수 프로그램을 통해서였습니다. 전북도청에서 학생들을 선발하여 함께 비행기를 타고 캐나다로 향했습니다. 초등학교에 가서 입학 절차를 마쳤는데 큰 강당에 모여 학생들이

"What is Responsibility?"
(책임감이란 무엇인가?)에 대해 이야기하고 있었습니다.

'무슨 말이야 대체, 알아듣지를 못하겠네.'

저는 꾸벅꾸벅 졸기 시작했습니다. 잠이 끝도 없이 쏟아졌습니다. 홈스테이로 돌아와서도 비몽사몽인 정신에 잠을 청했는데, 잠에서 깨어나 보니 이불에 피가 흥건했습니다.

'어? 설마!'

분노와 안쓰러움이라는 양가감정

(부제: 나의 어린 시절 2편)

"아임 해빙 마이 피어리어드!"

'어? 설마!'

초경을 시작한 것이었습니다.

출국하기 전에 아버지가 혹시 모르니 종이에 적어두라고 했었는데, 당혹스러운 순간에 종이가 있어 참 다행이었습니다. 홈스테이 맘에게 얘기하자 축하 파티도 해주시고, 생리대를 돌돌 말아서 버려야 한다는 것도 알려주셨습니다. 처음엔 친구들한테 말 거는 것도 엄청나게 떨렸었는데, 두 달간의 캐나다 학교생활을 즐겁게 마치고 '나중에 크면 언젠가 해외에서 일해보고 싶다'라는 바람을 가지고 돌아왔습니다.

중학교에 입학하고 얼마 지나지 않아, 할아버지와 할머니는 더 이상 아버지의 폭력을 견디다 못해 집을 나가셨습니다. 아마도 어머니가 집을 나가셨던 그날처럼 말입니다. 더 이상 살던 아파트에서 지낼 수가 없어 어느 가난한 집과 마찬가지로 이사를 참 많이 다녔습니다. 씻을 곳이 없는 사무실, 화장실이 없는 창고에서 집처럼 지냈던 것이 기억에 남습니다. 꼽등이 같은 벌레도 많고 항상 집에 모기향이 피워져 있는 탓에 학교에서

"비듬이 있다."

"냄새가 나는 것 같다."

"너 담배 피우냐?"하는 말을 들었을 땐 속이 좀 상했습니다.

가난과 냄새, 그리고 벌레가 한 세트처럼 느껴졌습니다.

그래도 다행이었던 것은 좋은 친구들도 참 많았기에 집안 형편이 좀 어렵다는 이유로 친구들에게 무시당하진 않았고, 학교에서 우유를 지원받아 낑낑거리고 들고 갈 때면 동생들이 장난스럽게 "할머니 제가 들어 드릴게요"하며 함께 우유를 들어주기도 했었습니다. 심지어는 집에서 자주 보던 꼽등이 관찰보고서를 제출해 칭찬을 듣기도 했습니다.

중학교 시절엔 노래 부르는 것에 심취해 청소년 가요제에 나가 대상을 타기도 하고, 미국 단기 연수에 선발되는 등 제법 성실한 학교생활을 보냈습니다. 공부를 하는 것이 어린 나이에 할 수 있는 최선이라 생각해 공부도 열심히 하고 장학금도 종종 받았습니다. 그렇지만 아버지의 밀린 외상을 갚는다며 흔적도 없이 사라졌습니다. 날이 갈수록 아버지가 술을 마시는 빈도도 저를 향한 기대도 높아져만 갔습니다.

아픈 동생과는 비교되는 저였기에 더 기대가 컸는지도 모릅니다. 하지만 완벽에 가까운 저를 강요하는 아버지의 요구는 너무나도 가혹했습니다. 시험에서 좋은 성적을 받지 못해 혹시나 집에 가서 맞을까봐 놀이터를 서성거리다 집에 들어갔는데, 아버지는 신발장에서 자라며 저를 밀쳤습니다. 그러면서 집 안에 있는 책들을 모조리 집어던졌습니다. 그래서 항상 집어던지는 것이 일상인 아버지와 지내며, 눈에 집히는 물건이 없도록 집안을 깨끗하게 정돈하는 것이 몸에 배었습니다.

"엄마도 없이 아빠가 혼자 이렇게 아이 둘을 키우시고,
참 대단하세요."

남들에게 아버지는 어려운 형편임에도 장애가 있는 아들과 딸아이를 키우는 세상 누구보다 자상하고 희생적인 아버지였습니다. 어린 저는 아버지가 너무 싫었지만, 저와 동생을 먹여 살린 것은 '아버지의 책임감' 덕분이었습니다. 아버지도 육아는 처음인데, 기초생활보장 수급자 지원을 받으며 두 아이를 키우고 한 아이는 장애까지 있으니, 삶의 무게를 견디는 것은 너무나도 힘든 일이었을 것입니다.

집 밖을 나와 버스만 타면 동생이 내는 시끄러운 소리에 언짢은
표정을 하는 사람들을 보면서,
돌이킬 수 없는 동생의 아픔을 원망하면서,
늘어만 가는 빚을 보면서,
장사를 접는 정육점에서 받아온 값싼 고기를 한 달이 넘도록
구워 먹으면서,
전기도 제대로 나오지 않아 촛불을 켜고 하루를 지내면서,
아무리 잡아도 끝이 없는 벌레들을 쫓아내려 피운 모기향에
찌들어버린 옷들을 주워 입으면서,
돈을 빌리느라 굽실거리는 것이 일상이 된 본인의 모습을 보면서,
아버지는 회복될 가망이 없는 가난에 지쳐버렸는지도 모릅니다.

그런 아버지를 이해하면서도, 폭력을 옹호할 수는 없었습니다. 모든 가난한 가정에서 폭력이 일어나는 것은 아니기 때문입니다. 그래서인지 아버지를 떠올릴 때마다 분노, 안쓰러움이라는 상반된 감정이 함께 뒤엉키곤 했습니다. 하지만 어긋나도 한참 어긋나버린 아버지와의 인연은 고등학교 1학년 때가 마지막이었습니다. 제가 가출을 결심하고

자립을 시작하게 된 것은 정말 하루아침의 일, 한순간의 선택으로 인해 벌어진 일이었습니다.

애가 애를 키운다는 것

(부제: 장애인인 내 동생)

"제발 그만 좀 해!!!"

길바닥에 주저앉아 말썽꾸러기인 동생을 향해 소리쳤습니다. 친구들이 지나가며 저를 쳐다보고 있다는 것을 알고 있었지만, 쌓아왔던 답답함이 한순간에 터져버렸습니다. 아버지의 책임감이 저와 동생을 키우는 것이었다면, 저의 책임감은 동생을 잘 보살피는 것이었습니다. 마음처럼 잘되지 않는 동생을 돌본 것은 순전히 동생에 대한 책임감 때문이었습니다.

동생은 선천적으로 장애가 있었습니다. 아버지는 동생이 꽤 늦은 나이까지 말을 잘하지 못하는 것을 보고 불안한 마음이 들었고, 이는 곧 절망감으로 바뀌었습니다. 동생에게 의사소통 능력이 지연된 자폐 스펙트럼 장애가 있다는 것을 알게 되었습니다. 철없는 마음에 동생이 장애인이라는 것을 숨기고 싶은 마음도 약간은 들었습니다. 하지만 동생은 같은 학교의 특수학급에 다녔기 때문에 함께 학교생활을 할 수 있는 것만으로도 다행이라는 생각을 하곤 했습니다.

하지만 가끔 힘이 들 때도 있었습니다. 동생과 함께 학교에 다니면서 은근하게 동생의 장애를 흉내 내며 놀리는 같은 반 애들을 외면하기도 했습니다. 굳이 대꾸할 가치가 없다고 생각했지만 속은 부글부글 끓었습니다. 동생과 같이 다니며 버스에 타도 매번 소리를 지르는 동생을 말리느라, 이곳저곳 때리며 흥분하는 동생을 붙잡느라 눈치가 보인 적도 많았습니다. 마냥 아기 같았던 동생도 하루가 다르게 커 갔고 힘도 세졌습니다.

'나도 앤데 왜 동생까지 씻기고 화장실까지 매번 따라가야 하나?'하는 불만도 있었지만, 아버지 혼자서만 동생을 돌보는 것은 역부족이었습니다.

보통 남매 사이라고 하면 티격태격도 많이 하면서 컸을 텐데. 나아지지 않는 동생을 보며 현실을 원망하기도 했습니다. 그렇지만 원망한다고 상황이 나아지는 것은 아니었습니다. 저는 바꿀 수 없는 현실을 받아들이기로 했습니다. 이것도 내 운명이겠거니, 하고요. 매번 동생 머리를 쓰다듬을 때마다 처음에는 까칠하다가 부드러운 감촉이 느껴졌는데 지금도 동생을 떠올리면 가장 먼저 떠오르는, 몸에 배어있는 기억 중 하나입니다. 매번 잠이 들 때 제 팔을 잡아끄는 동생의 모습, 세상 누구보다 컵라면을 맛있게 먹는 모습, 건축물 그림을 그릴 때 열중하는 모습을 보며 흐뭇했던 날도 많았습니다.

대학에 다니고 있을 때, 아버지가 교도소에 들어간다는 소식을 건너 건너 들었습니다. 그러면서 동생이 시설에서 잠깐 지낼 예정이라고 해서 동생을 보러 가기도 했습니다. 요즘에도 가끔 시간을 내어 동생 시설에 가면 동생은 친누나인 줄도 모르고 어디선가 예쁜(?) 누나가 와서 마냥 좋은 듯 보입니다. 하지만 지금은 일이 바쁘다는 이유로 동생을 자주 보러 가지 못하고 있으니 동생이 시설의 보호 속에서 잘 지내고 있다는 사실이 그저 감사할 따름입니다.

세상에는 바꿀 수 없는 것도 있다는 것을 알게 된 것은 어린 시절의 동생 덕입니다. 나아질 수 없는 현실에 대한 무력감도, 그것을 수용하는 방법도 조금은 배웠습니다.

동생을 떠올리는 것은 언제나 저의 눈물 버튼입니다. 그 눈물엔 안
쓰러움, 분노, 미안함도 함께 담겨있습니다. 동생과 함께 지내며 돌본
시간, 그리고 동생을 끝까지 책임지지 못했다는 생각 때문일까요. 이후
의 삶에서 무언가를 돌본다는 것 자체가 제게는 큰 부담이 되었습니
다. 어머니가 저와 동생을 두고 떠났듯이, 제가 동생을 두고 혼자 집을
나온 것은 평생의 미안함으로 남았습니다. 하지만 다시 선택할 수 있다
고 해도 집을 나온 것은 제게 최선이었습니다.

내가 가출한 이유

(부제: 살려고)

"나는 이렇게 떠나지만, 동생은?"

시골에서 중학교를 졸업하고 시내에 있는 인문계 고등학교로 진학하면서, 성적이 크게 떨어졌습니다. 특히 수학 과목을 공부하는 것이 갈수록 버거워지기 시작했습니다. 공부도 한다고는 했지만 반 실장으로 지내며 반 친구들 고민 들어주는 일에 더 흥미가 있었습니다.

어렸을 때만 해도 아버지께서 매년 생일이 되면 아귀를 시장에서 사다가 아귀찜을 직접 해주셨습니다. 그래서 생일은 혼날 일도 없고 1년 중 가장 행복한, 항상 기다려지는 그런 날이었습니다. 그런데 갈수록 성적이 떨어지며 생일도 그냥 평범하게 지나가는 날 중 하나가 되었습니다.

고등학교 1학년이었던 어느 날, 집에 모의고사 성적표가 왔는데 그리 좋은 점수를 받지는 못했던 것으로 기억합니다. 그러고는 주말에 교회에 가서 예배를 드리던 중이었습니다. 당시 참 교회를 열심히 다녔었는데, 특히 찬양 부르는 것을 좋아해서 사람들 앞에서 찬양 인도하던 중이었습니다. 갑자기 아버지가 앞으로 나와 저를 향해 손찌검하고 손에 쥔 칼까지 휘두르려 했습니다. 당혹스러운 상황에 저는 뒷걸음질 쳤고 교회 전도사님 뒤에 숨었습니다. 어딘가로 데려가 저를 숨겨주시고 문을 잠그셨습니다. 그 뒤의 상황은 대략 경찰차가 왔고 저는 잠깐 전도사님 댁에 머무르게 되었습니다. 집도 아닌 곳에서, 많은 사람이 지켜보는 가운데 벌어진 일이었습니다. 온몸이 파르르 떨렸습니다. 그리고 '다시는 집에 돌아가지 않으리라'라고 다짐했습니다.

하지만 당시 만들었던 고등학교 미술 수행평가 숙제, 각종 짐이 집에 있어 집에 다녀와야 했습니다. 혹여나 보복당할까봐 무서워 경찰관 아저씨와 동행했던 기억이 있습니다. 하지만 집에 있던 아버지는 제게 컵을 던지며 소리쳤고 컵은 산산조각이 나며 바닥에 흩어졌습니다. 시간이 흘러 어린 시절의 기억들이 바래져 갈 때도 컵이 깨지며 바닥에 흩어졌던 그 유리 조각들의 잔상이 꽤 오랜 시간 동안 뇌리에 남았습니다. 이후 저는 또 한 번 몰래 집에 들어가 겨우 노란 운동 가방 하나를 챙겨 나왔습니다. 부서져 있는 미술 수행평가 숙제까지는 챙기지 못해 결국 제출하지 못했습니다. 집을 나와서 뭘 해야 할까, 아무 계획도 없이 그저 집을 벗어나야겠다는 생각뿐이었습니다.

집을 나오긴 했는데, 갈 곳은 없고, 막막한 마음에 먼저 친구네 집으로 향했습니다. 지금 생각해도 친구네 집에서 저를 받아주지 않았다면 다시 집으로 돌아가야 했는지도 모릅니다. 이후 아는 언니네에서도 신세를 졌습니다. 하지만 신세 지는 것도 너무 미안한 마음이 들었고 수중에 돈도 없었습니다. 그리고 혹여나 아버지가 학교에 찾아오진 않을까? 하루하루 가시방석이었습니다. 그래서 결국 학교 선생님들께 도움을 요청했습니다. 선생님들께서는 제게 용돈도 주시고 안전하게 지낼 수 있도록 도와주셨습니다. 얼마 지나지 않아 아동보호전문기관에서 학교에 오셨습니다. 자세한 가정 학대 피해를 설명하고 가정으로부터 분리 거주하고 싶다는 의사를 밝혔습니다.

이후 가출 청소년 단기 쉼터에서 잠깐 지냈습니다. 흔히 떠올리는 합숙소 같은 느낌의 시설이었습니다. 들어가니 어딘가 어색하고 눈치도 보였지만 아동보호전문기관에서 곧 다른 시설로 가게 될 것이라는 이야기를 해주셨습니다. 감사하게도 빨리 갈 수 있는 시설을 알아봐 주셔서 얼마 지나지 않아 갈 채비를 마쳤습니다.

반 친구들에게 제대로 된 인사도 하지 못한 채 서둘러 짐을 챙겨 떠났습니다. 친한 친구한테조차도 차마 솔직한 얘기를 꺼내지 못했습니다. 그렇지만 반 친구들은 전학한 이후 제게 롤링페이퍼를 보내주었습니다. 친구들에게 너무 미안했고 한편으로는 정말 고마웠습니다.

하루하루 불안하고 두렵고 예민했던, 그때는 17살 말이었습니다. 차를 타고 보호시설로 향하면서 상황이 어느 정도 정리되자, 또 다른 생각이 저를 괴롭혔습니다.

'나는 이렇게 떠나지만, 동생은 어쩌지?'

아끼는 동생을 두고 집을 나간다는 것은 생각도 안 했었는데, 다신 집에 돌아가지 않겠다는 한순간의 결심으로 어느새 집을 벗어났습니다. 그렇게 꽤 먼 길을 떠났습니다.

지금 어디로 가는 거예요?

(부제: 아동 보육시설 그룹홈)

"지금 어디로 가는 거예요?"

제법 집에서 멀어진 듯했는데 차가 끝도 없이 달렸습니다. 가도 가도 산이었습니다. 몸은 피곤한데 약간 긴장이 되어 잠이 오진 않았습니다. '설마 나를 이상한 곳으로 데려가진 않을까? 에이 그건 아닐 거야'하던 차에, 어느 집 앞에 저를 내려주셨습니다. 시설이라고 이야기를 들었는데, 그냥 일반 가정집과 별반 다를 것이 없었습니다. 알고 보니 소규모 양육시설 그룹홈이었습니다. 낮이라 아이들은 학교에, 집엔 시설장이신 목사님, 사모님 그리고 넘 아기 같은 아들내미가 있었습니다.

"저 음료수 먹어도 돼요?"
"그럼! 안 물어봐도 돼."

처음엔 좀 낯설었지만, 왠지 모를 편안한 분위기에 금방 적응이 되었습니다. 생긋생긋 웃던 아들내미와 놀아주다 함께 잠이 들었습니다. 안 그래도 먼 길을 오며 피곤하기도 했고 긴장이 풀렸던 것 같습니다. 근 몇 달간 잔 것 중에 가장 개운했습니다. 사모님도 '아기가 다른 사람과는 잠을 안 자는데, 신기하다'라고 하셨습니다. 편안한 것이 오히려 낯설었던 그룹홈과의 인연은 그렇게 시작되었습니다. 입소하고 보니 아이들 중 제가 가장 언니였습니다. 많은 아이들이 그룹홈을 찾아오고, 때로는 떠나기도 했습니다. 아이들은 저마다 다양한 어려움이 있었습니다. 그룹홈에서 지내면서 '내가 겪은 것은 다른 아이들에 비하면 정말 아무것도 아니구나'하고 느낀 적도 많았습니다.

어릴 적부터 그룹홈에 입소한 아이들은 '큰아빠', '큰엄마' 이렇게 부르는 경우가 많았는데, 저는 그런 호칭이 약간은 어색해 '목사님', '사모님'이라고 부르기로 했습니다. 한동안은 동생을 많이 떠올리곤 했습니다. 그런데 아버지의 폭력에서 벗어난 삶 속에 익숙해지면서 동생과의 기억도 점차 흐릿해졌습니다.

그룹홈 입소 절차를 마치고, 전학을 가자마자 발등에 불이 떨어졌습니다. 기말고사가 바로 그다음 주에 있었던 것입니다. 시험 범위도 달랐고 준비할 시간도 많지 않아 준비가 미흡했습니다. 시험을 보고 나니 수학 과목에서 '13점'을 받았습니다. 정말 태어나서 처음 받아보는 점수였습니다. 그런데도 아무도 뭐라고 하는 사람이 없다니! 기분이 너무 이상했습니다.

하지만 운 좋게도 국어 과목은 가장 높은 점수를 받았습니다. 그리고 마침 전학 가자마자 교내 팝송경연대회도 개최되었습니다. 나갈까 말까 한 5초 정도 고민하고 나가기로 했습니다. 'My love will show you everything'이라는 팝송을 기막히게 불렀습니다. 1등을 하면서 반 친구가 "너 혹시 폭풍의 전학생 아니냐?" 물었을 때 내심 우쭐했습니다. 심리적으로 조금씩 안정을 찾아간 저는 의욕적으로 공부해 나가기 시작했습니다. 성적도 수직으로 상승했고 그룹홈에서도 열심히 공부할 수 있도록 지지와 지원을 아끼지 않으셨습니다.

고등학교 때 사귄 친구들도 너무 좋았습니다. 대학을 가긴 가야겠는데, 성적이 잘 나오지 않아 주위 친구들을 아주 귀찮게 했었는데 참 친절하게 모르는 내용을 알려주었습니다. 점심 먹고 같이 슈퍼 가고, 학교 일찍 끝나면 분식 먹으러 가는 소소한 일상을 함께 하는 것도 참 즐거웠습니다. 지금까지도 힘들 때 서로 의지하고 응원할 수 있는 좋은 친구들을 만났습니다.

하지만 아무리 편하고 좋은 친구들이 있었음에도 마음을 터놓고 저에 관한 이야기를 꺼내진 않았습니다. 친구들도 굳이 묻진 않았지만, 속마음을 꺼내기까지는 꽤 많은 시간이 필요했던 것 같습니다. 때로는 제 상황을 누군가 알고 놀릴까 봐 방어적인 모습을 보이기도 했습니다. 고등학생 땐 아버지를 닮아서인지 약간은 호전적인 면도 있었지만 제가 대인관계에서 어려움을 겪지 않도록 학교 선생님들과 목사님이 옆에서 많이 조언해 주셨습니다. 아이들 가르치는 일을 해보니, 아이의 잘못된 행동을 지적하고 더 나은 사람이 될 수 있게 이끄는 것 또한 많은 정성이 필요한 일이라는 것을 느낍니다. 종종 제게 진심 어린 조언을 아끼지 않으신 어른들을 생각하면 참 감사한 마음이 듭니다.

대학 원서 접수를 앞두고, 어렸을 때부터 사회 이슈에 관심이 많았고 바로 취업하는 것보다 진학해 공부하면서 진로도 조금 더 고민하고, 교환학생으로 해외에도 나가보고, 기회가 되면 일도 해보고 싶다는 생각이 있었습니다. 사실 공부 그 자체에 엄청난 흥미가 있었다기보단 어렸을 때 해외에 나가고 싶었던 그 바람을 대학 진학을 통해 이루고자 했던 것 같습니다.

그룹홈에 오지 않았다면, 목사님 사모님 같은 좋은 분들을 만나지 못했다면, 원하는 대학에 갈 수 있었을지 모르겠습니다. 그룹홈 덕에 제가 도움을 받아온 것처럼, 어려운 환경 속에서도 열심히 공부하는 아이들에게 작은 도움이라도 주고 싶다는 마음을 키워나갔습니다.

참 닮고 싶은,

(부제: 그룹홈 목사님, 사모님과의 소중한 인연)

"누나 숙제 도와줄 수 있어?"

얼마 전, 그룹홈에 놀러 갔습니다. 바쁘다는 이유로 자주 시간을 내진 못하지만 그래도 1년에 한두 번은 꼭 그룹홈에 가서 시간을 보내고 옵니다. 집에 가니 같이 지냈던 동생들이 "언니!!"하며 반갑게 인사해 주었습니다. 오랜만에 왔다며 사모님과 교회 집사님께서 삼겹살을 구워주셨습니다. 다 함께 밥을 먹고 있으니, 도시에서 바쁘게 생활하는 것과는 또 다른 여유로움이 느껴졌습니다. 창밖의 자연경관을 보며 힐링하기도 했습니다.

처음 그룹홈에 입소했을 때, 너무 어려서 제 이름도 제대로 발음하지 못했던 아들내미는 어느새 중학생이 되어 모르는 영어 문법 문제를 물어보았습니다. 제빵을 전공한 동생은 마들렌을 구워주기도 했습니다. 훌쩍 커버린 동생들을 보며 시간이 제법 많이 흘렀구나! 체감했습니다. 그룹홈 목사님, 사모님께서 십여 년 전쯤, 처음 귀농을 결심하셨을 땐 월세방에서 시작하셨고 아무것도 갖춰진 것이 없었다고 들었습니다. 이후 마을 만들기 간사로 일하시면서 마을에 정착하시고 소규모 공동생활 가정 그룹홈 운영을 시작하셨습니다. 목사님 사모님은 고추 농사를 지으셨는데 농사일에도, 그룹홈 운영에도, 목회에도 참 열심이셨습니다.

마을 어르신들께서도 진심으로 마을의 발전을 돕고자 하는 목사님의 진심을 알아주셨던 것 같습니다. 시간이 지나면서 마을 이장 일을 하게 되셨고 마을회관에서 한글 교실, 건강 체조, 한지 공예 같은 프로그램을 꾸준히 운영해 오셨습니다. 요즘엔 회관에서 마을 어르신들을 위해 정기적으로 식사를 준비하신다고 했습니다.

지금은 그룹홈 옆에 교회도 짓고, 그 옆에 개복숭아 가공공장도 생겼습니다. 해가 가면 갈수록 하나씩 공간을 늘려나가시는 모습이 보였습니다. 시간이 지나 그룹홈을 퇴소하게 되는 아이들도 점점 생겼지만, 목사님, 사모님은 퇴소하고도 자립이 어려운 아이들을 끝까지 책임지고 계십니다. 작년에 퇴소했지만, 장애가 있어 자립이 어려운 아이를 위해 이동식 주택도 마련해 주셨습니다.

처음 귀농하셨을 때와 비교하면 정말 많이 풍족해졌음에도, 목사님은 더 열심히 살아서 아이들이 혹여나 부족하다는 이유로 무시당하지 않고 건강하게 자립할 수 있도록 해야겠다고 이야기하셨습니다. 앞으로는 아이들의 자립을 위해 빵 카페가 있는 작은 도서관을 열고 문화복지 프로그램을 운영할 것이라 하셨습니다. 또 아이들, 어르신들이 운동할 수 있는 실내 수영장을 지을 계획을 하고 계셨습니다.

저는 너무 궁금했습니다. 아이들 시설도 인건비를 아끼려 직접 지으셨다고는 했지만, 비용이며 땅이며 고려해야 할 것이 한두 개가 아닌데 말입니다. 어떻게 다른 사람들을 돕겠다는 결심만으로 이런 일들을 해낼 수 있을까 생각했습니다. 그러다 목사님과 얘기하면서 어렴풋이 답을 찾은 것도 같았습니다.

"꿈이 있고, 내가 필요한 곳이 있으면 가게 되더라."

"그래도 어쩌겠냐, 할 수 있는 데까지는 도와야지."

목사님이 입버릇처럼 하시는 말씀 중 하나입니다. 상식이 통하는 세상, 좋은 세상을 만들기 위해 사는 게 목사님의 소명이라고 하셨습니다. 아이들 자립, 마을 어르신들을 위해 제 역할을 다할 수 있다는 것이 얼마나 감사한지 모른다는 이야기를 들으며 '목사님은 본인이 마음 가는 일을 하고 계신 거구나'라고 생각했습니다. 목사님, 사모님은 고민이 있거나 힘들 때 기댈 수 있는 좋은 어른이 되어주셨습니다. 제가 취업을 못 해서 무기력할 때도 "참 열심히 살았는데"하시며 누구보다 안타까워하셨고 취업했다는 소식을 전했을 땐 누구보다 기뻐해 주셨습니다. 최근에는 진로 고민이 있어 함께 의논하기도 했습니다. 제가 뭔가를 잘 해내고 싶은 욕심에 비해 실행력과 지속력이 부족한 측면이 있어서 목사님께서는 이런저런 이야기보따리를 풀어놓으셨습니다.

"나는 한 번도 조건이 다 갖춰진 상태에서 뭔가 시작해 본 적이 없어."
"완벽한 상태에서 하려고 하면 너무 늦어."
"뭔가 하나 시작하면 크든 작든 마무리해야 해."
"하고 싶은 것들을 잘게 쪼개서 부담 없는 것부터 하면서
늘려나가는 거야."
"즐기는 자는 간절한 자를 이길 수 없다고 생각해."
"나중에 수확하려면 여름에 힘들어도 일을 해야 해."

저를 잘 이해해 주고, 제게 필요한 조언을 해주고, 함께 고민할 수

있는 어른이 있다는 것이 든든했습니다. 그리고 목사님이 항상 제게 강조하시는 이야기가 있습니다.

"귀찮다고 밥 굶지 말아라. 나중에 병난다."

밥은 굶지 말라는 목사님의 따뜻한 잔소리까지 듣고 나니 다시 도시에 있는 집으로 돌아갈 시간이 되었습니다.

"다른 게 뭐겠어. 그냥 이런 게 가족인 거야. 같이 살고 밥도 같이 먹고."

시설에 들어갔다 퇴소한 경우에 시설과의 관계가 좋지 않은 경우도 종종 있다고 들었습니다. 제 경우는 운이 좋았다고밖에 표현할 수 없을 것 같습니다. 살면서 이렇게 의지할 수 있는 분들을 만날 수 있다는 것은 제 인생의 큰 복입니다. 목사님 사모님이 제게 해주신 격려와 보여주신 믿음들은 홀로 지방에서 상경해 외로웠던 대학 생활을 잘 버티게 해 준 큰 원동력이었습니다.

실례지만 자랑 좀 하겠습니다.

(부제: 즐거운 대학 생활)

"어떻게 여길 오셨어요?"

경찰서였습니다. 자신을 기자라고 소개한 한 남자분이 말을 걸었습니다.

"대학교 면접 보러 왔는데요. 잘 곳이 없어서…"

'대학 면접이 오전이니 전날 근처 찜질방에서 자면 되겠지?' 생각했습니다. 그런데 찜질방에서 미성년자 숙박 손님을 받아 주지 않는다는 사실을 미처 몰랐습니다. 일단 급한 대로 근처 교회를 찾아갔습니다. 하지만 교회 문은 굳게 닫혀있었습니다. 날은 점점 어두워지고 편의점을 서성이다 이내 눈치가 보였습니다. 그런데 편의점 근처에 있는 경찰서 표지판이 보였습니다. '경찰서면 그래도 안전하겠지?' 대뜸 경찰서로 발걸음을 돌렸습니다. 출입을 거절당했습니다. 근처를 배회하다 갈 곳이 없어서 또 경찰서를 찾아갔습니다. 또 거절당했습니다. 삼고초려 끝에 제 사정을 들으시고 민원실을 열어 주셨습니다. 의자가 덩그러니 놓여있는 곳에서 면접 준비를 하기로 했습니다. 사생활이 포함되어 자세히 설명할 수는 없지만, 민원실에는 많은 사람이 드나들었고 고성이 오가기도 해서 눈치를 보며 면접을 대비하고 있었습니다. 그때 제게 말을 건 기자분은 제가 면접을 보러 온 학생이라 대답하자 준비를 도와주겠다 하셨습니다. 모의 면접이라고 생각하라며 이것저것 질문을 하셨는데 매끄럽게 답할 수 있는 문항이 하나도 없었습니다. 갑자기 마음이 다급해지기 시작했습니다.

"저 면접 준비 좀 도와주세요."

무슨 용기로 처음 본 사람에게 그런 부탁을 했는지. 다행히 기자분은 친절하셨고 예상 문제와 답변 준비를 도와주셨습니다. 준비하다 보니 밤을 새워 버렸습니다. 다음 날, 면접장에서 면접 준비를 도와주신 은인 덕에 준비했던 질문들과 거의 비슷한 질문들을 받았습니다. 찜질방에서 자려고 했던 썰까지 풀어가며 적극적으로 저를 어필했습니다. 결과는 합격이었습니다.

대학 합격을 통보받고 지방에서 올라와 대학 근처 고시원에서 지냈습니다. 고시원비를 내고 나니 당장 통장에 15만 원도 없어 급하게 아르바이트를 구했습니다. 그렇게 아르바이트로 당장 생활비를 마련하고 몇 개월 후 대학 기숙사로 이사했습니다. 목사님, 사모님께선 제게 필요한 생필품을 보내주셨고, 장학금 관련 공고가 있으면 정보를 공유해 주셨습니다. 대학 생활을 떠올리며 가장 기억에 남는 키워드들을 몇 개 뽑아보자면 전공 공부, 봉사활동, 아르바이트, 좋은 친구들을 꼽을 수 있을 것 같습니다.

대학에 진학하고 첫 학기엔 정치학개론, 국제관계 입문 등의 수업을 들었습니다. 당시 선거를 앞두고 후보자의 공약을 비교해 보는 보고서를 작성했는데 참 재미가 있었습니다. 정신없이 첫 학기를 마치고 나니 전 과목에서 A+ 학점을 받았습니다. 딱히 자랑할 곳이 없어 목사님 사모님께 자랑했는데 제게 메일을 한 통 보내주셨습니다.

정말 열심히 했더구나.

이거 읍사무소에서 발급받아서,

주변 사람들한테 자랑하고 왔다며,

(중략)

고생했다.

그리고 정말 열심히 살아줘서 고맙다.

이렇게까지 열심일 줄 몰랐어.

그래서 더 다행이고, 뿌듯하다.

'그런데 다음 학기는 어쩌지?'

역시 돈이 문제였습니다. 아르바이트는 대학 내내 필수였고 새벽까지 일하다 오전 수업을 들으러 가곤 했습니다. 그러던 어느 날, 한 재단의 장학금 신청 공고를 보았습니다. 봉사활동을 하면 남은 모든 학기의 등록금을 전액 지원해 준다는 내용이었습니다. 얼른 신청해서 면접을 보러 갔습니다.

"학점이 엄청 높네요."

공부를 열심히 해놓길 다행이라는 생각이 들었습니다. 그렇게 졸업 학기까지 장학금을 받아 등록금 걱정을 덜었습니다. 장학금을 받는 조건은 봉사활동을 하는 것이었습니다. 어려운 환경에서 공부하는 아이들을 돕고 싶다는 생각은 하고 있었기 때문에 마침 잘 되었다고 생각했습니다. 대학 재학 동안 초등학생 아이들 수학 영어도 가르쳐주고, 외국인 유학생들이 잘 적응할 수 있도록 학습 도우미 봉사활동을 했습니다. 또 장애 학생 대필 도우미도 하고 OO 구청에서 진행하는 저소득층 멘토링도 참여했습니다.

제가 가르치던 친구는 참 성실하고 조용한 아이였는데 어느 날은 방 탈출 카페를 한 번도 안 가봤다고 해서 같이 갔습니다. 평소 멘토링하면서 한 번도 볼 수 없었던(!) 적극적이고 활달한 아이의 모습을 보며 깔깔거렸던 기억이 아직도 생생합니다. 학년이 올라가면서 공부가 항상 재미있던 건 아니었습니다. 잘해야 한다는 부담에 하기 싫을 때도 많았습니다. 장학금도 받아야 하니 해야지 하는 마음 반, 또 하기 싫은 마음을 누르고 공부하다 보면 '나름대로 재미가 있네' 여겼던 것 반이었습니다. 대학에서 들었던 수업을 떠올려보니 정치 외교 전공을 선택했긴 했지만 주로 정치 관련 수업을 수강했습니다.

한국 정치 / 비교 정치 / 정치의 이해와 분석 / 민주주의와 선거제도 / 정치통계와 데이터분석 / 북한정치 / 정당정치론 / 대중매체와 정치 / 정치체제론 / 한국 정치사 / 여론과 선거 경쟁 등의 전공과목을 들었는데 감사하게도 대학 공부에서 수학이 차지하는 비중이 매우 작았습니다. 통계 정도를 제외하고는 수학을 배울 일이 거의 없어 '수학을 안 하니 살만하네'하는 생각도 들었습니다. 그야말로 성적은 날개를 달았습니다.

기억에 남는 과제는 '대중매체와 정치'라는 수업에서 제가 '정치 이슈와 연예 이슈의 상관관계'를 분석해 나름의 결론을 내 본 일이었습니다. '정치 이슈가 터지면 연예인 기사로 덮는 것 아니냐?'하는 그런 소문들이 진짜 실체가 있는지 참 궁금했습니다. 당연히 답을 내기는 어려운 문제이지만 참 열심히도 고민해 봤습니다. 교수님도 제 열정을 칭찬해 주셨습니다. 수업을 들으며 미디어의 중요성을 실감하고 '언론 관련된 일을 해보면 어떨까?'하는 생각을 했습니다.

학업은 학업대로, 봉사활동은 봉사활동대로, 아르바이트는 아르바이트대로, 잘 흘러갔습니다. 등록금 고민이 어느 정도 해결된 이후에는 편의점, 주점, 공공기관 등의 아르바이트를 하면서 생활비를 벌었고 지속해서 좋은 성적을 유지하여 장학금을 받을 수 있었습니다.

하지만 3학년이 되자 본격적으로 진로에 대한 고민이 고개를 들기 시작했습니다. 뚜렷하게 하고 싶은 것도 없었고 아르바이트가 끝나면 피곤하다는 핑계로 진로 고민은 미루고 또 미뤄두었습니다. 옆에서 룸메이트 언니들이 '취업 어렵다. 힘들다'하며 곡소리를 내던 때에도 다가올 현실을 모른 채 하루하루 살기 바빴습니다. 그때는 그 진로 고민을 미룬 대가가 어느 정도의 크기로 돌아오게 될지 짐작조차 하지 못했습니다.

부모님은 뭐 하시니?

(부제: 맹장 수술과 보호자)

"저 사실 수술받을 돈이 없는데 어쩌죠?"
"그러면 나가셔야 합니다."

즐거웠던 대학 생활, 사실 큰 어려움이 있거나 하진 않았습니다. 아버지가 갑자기 교도소에 들어간다며 동생을 어떻게 해야 하는지 건너 건너 연락이 왔을 때 정도? 학업, 진로 고민, 생계 걱정 등은 보통의 대학생들이 하는 고민과 크게 다르지 않았습니다. 크게 아프지 않고 건강하게 생활할 수 있었던 것도 참 감사한 일이었습니다. 좋은 동기들, 친구들을 만나서 함께 시간 보내는 것도 좋았습니다. 아르바이트하면서 만난 친구들도, 기숙사 룸메이트들도 참 좋았습니다.

"아악!!!!! OO아, 벌레 좀 잡아줘!!!"

간혹가다 기숙사에 벌레가 출몰하면 벌레를 잡는 일은 저의 몫이었습니다. 벌레 잡는 것에 익숙한 특기가 종종 빛을 발했습니다. 취미가 비슷한 룸메이트 언니와는 코인노래방을 다니기도 했습니다. 어느 날 학교 앞 코인노래방에서 '퍼펙트 스코어'대회를 했는데 1등 상금이 7만 원이었습니다. 퍼펙트스코어가 뭔가하고 보니 노래를 부르면 음정 박자 등을 점수화하는 게임 같은 시스템이었습니다. 그날부터 시간이 날 때마다 코인노래방에 가서 함께 연구하기 시작했습니다. 결국 치열한 경쟁 끝에 1등을 거머쥐었습니다. 그런데 그간 코인노래방에 투자한 것을 생각해 보니 남는 장사는 아니었습니다. 그래도 기분이 좋아서 기념으로 치킨을 사서 룸메이트 언니들과 나누어 먹었습니다.

또 하루는 갑자기 위경련이 와 경황이 없었을 때 같은 기숙사 살고 있던 친구 덕에 새벽에 응급실에 갈 수 있었던 고마운 기억도 있습니다. 그런데도 주위 좋은 사람들과 평범한 대학 생활을 보내면서도 한 가지 약간 부담이 되는 일이 있다면 인간관계를 맺는 것이었습니다. 사람들과 친해지며 저에 대해 이야기하는 것이 꽤 어려웠기 때문입니다.

"부모님은 뭐 하시니?"
"안 계세요."
"어머! 미안해."

아르바이트하면서 어른들이 "부모님 뭐 하시니?" 물을 때가 있었습니다. 저는 그냥 솔직하게 얘기하곤 했습니다. 뒤이은 어른들의 당혹스러운 표정을 보며 '괜히 말했나?' 싶기도 했습니다. 하지만 '목사님 사모님 얘기를 해도 되나? 혈연가족을 의미하는 것 같은데'하는 생각을 했습니다. 구태여 제 상황을 설명할 필요도 없을뿐더러 아버지와는 연락처도 모르는 사이이니 이래저래 그냥 안 계신다고 하는 것이 편했습니다.

새로운 사람들을 만날 때도 "너는 동생이 몇 명이야?"하는 질문을 많이 받았습니다. 당연히 혈연 동생을 의미하는 건 알고 있었지만, 동생이 몇 명이라고 대답해야 할지 괜히 신경이 쓰이곤 했습니다. 남동생이 하나 있다고 하면 더 자세한 이야기를 듣고 싶어 할까 조심스럽고, 그룹홈에 있는 동생들까지 동생이 7명이나 있다고 하면 남들이 저를 '동생이 7명이나 있는, 요즘 세상에 흔치 않은 케이스'로 여길까 싶었습니다.

어느 날은 동생이 7명 있다고도 해봤습니다. 역시 예상대로 사람들
은 아주 놀랐습니다. 뒤이어 사람들은 동생들과 제가 혈연관계임을 가
정하고 얘기를 이어 나갔습니다. 혈연관계가 아니라고 굳이 부연 설명
을 하면, 어딘가 사연 있는 사람으로 비칠까 싶었고 가만히 듣고 있자
니 거짓말을 하는 것 같은 찜찜한 기분이 들었습니다. 그래서 되도록
제 이야기하길 꺼렸습니다. 친한 친구들에게조차 속마음을 이야기하
긴 어려웠습니다. 대화를 나누다 보면 가족 얘기는 빠지지 않는 소재였
습니다. 가족에 관해 얘기해야 하는 상황이 반복되면서 뭐 크게 개의
치 않으려 했지만, 마음 한편엔 뭔가 모를 찜찜함이 남아있었습니다.

대학교 3학년을 앞두고 방학 중 아르바이트를 하던 중이었습니다.
일하던 도중 이상하게 윗배가 아팠습니다. 뭔가 처음 느끼는 통증에
몸살 기운도 있는 것 같아 신경이 쓰였습니다. 애써 무시했는데 일 끝
나고라도 이비인후과와 내과 둘 중 하나는 꼭 가야겠다 싶었습니다. 퇴
근 후 이비인후과를 방문했습니다. 그런데 공교롭게도 이비인후과가
문을 닫아 근처 내과를 찾아갔습니다. 의사 선생님은 배를 꾹꾹 눌러
보시더니 급하게 소견서를 써 주셨습니다.

"맹장? 당장 응급실에 가 보세요."

응급실에 가서 검사받았는데 당장 내일 오전 수술해야 하니 입원

하라는 이야기를 들었습니다. 저는 돈이 없다고 했고, 병원에서는 그럼 나가야 한다고 했습니다. 병원으로서는 당연한 얘기라는 걸 알면서도 괜히 서러운 마음에 눈물이 왈칵 쏟아졌습니다. 그때 가장 먼저 생각 난 사람이 목사님이었습니다. 전화를 걸자 일단 바로 수술을 받으라고 하셨습니다. 바로 다음 날 아침, 그땐 겁이 많아 마취하는 순간 '이대로 영영 눈을 감는 건가?'싶어 눈물 한 방울을 또르르 흘렸습니다. 깨어나 고 보니 민망할 정도로 간단했던 수술을 아주 잘 마쳤습니다. 맹장이 터지기 직전의 상황이었다는 설명을 들었습니다. 수술이 끝나고 나니 사모님과 목사님이 한달음에 달려오셨습니다. 오셔서 말씀해 주시기 로 제가 긴급 의료비 지원 서비스를 받았다는 이야기를 해주셨습니다. 아이참, 방법이 있는 줄 알았으면 병원에서 그렇게 서럽게 울진 않았을 텐데 말입니다.

"부모님은 뭐 하시니?"
"목사님, 사모님이세요."
"아, 그러니?"

이후에는 누군가 제게 물으면 그냥 그룹홈 목사님 사모님을 부모님 이라 말하곤 했습니다. 사실 뭐 부모님이나 다름없는 분들 아닌가 싶어 서였습니다. 약간은 거짓말하는 것 같기도 했지만, 이런저런 전후 사정 을 설명하기에 번거로우니 그냥 그렇게 하기로 했습니다. 다수가 속해 있는 혈연 중심의 가족 형태에 속해 있지 않은 제 모습을 숨기고 싶었 는지도 모르겠습니다. 주로 사회에서 가족이라고 하면 혈연 중심의 가 족 의미가 통용된다고 느꼈던 순간이 많았습니다. 그래서 비혈연 가족에 관한 이야기를 꺼내는 일은 거의 없었습니다.

혈연은 아니더라도 항상 의지가 되는 사람들을 만나보니 가족이라는 건 반드시 혈연만으로 구성되는 것은 아니었습니다. 그렇지만 제 가정사를 얘기하는 것은 별로 내키지 않는 일이었습니다. 어디선가 가족에 관한 이야기가 나오면 여전히 혼란스럽고 어딘가 정리되지 않은 듯한 기분이었습니다. 마치 막 엉켜있는 실타래를 굳이 풀지 않고 꽉 움켜쥐고 있는 것 같았습니다.

맹장 수술을 잘 마치고 회복하면서 공고를 보다가 우연히 정부 지원 해외연수 프로그램을 발견했습니다. 미국! 자세히 읽어보니 중학생 때 단기 연수로 다녀왔던 캘리포니아를 또 갈 수 있는 기회였습니다. 그때부턴 온통 미국 연수에 꽂혀 머릿속이 온통 해외연수 생각으로 뒤덮이기 시작했습니다.

돈은 없지만, 미국은 가고 싶다면
(부제: 정부 지원 해외 인턴 프로그램)

"이렇게 열심히 살아줘서 고마워요."

대학생이 되면 해외에 나갈 기회가 많아지기를 기대했습니다. 그런데 막상 대학에 와 보니 할 일이 참 많았고, 해외에 가려는 계획도 마음처럼 잘되지 않았습니다. 1학년 때부터 이런저런 해외연수 프로그램에 지원했지만, 번번이 떨어졌습니다. 그나마도 합격한 프로그램도 금전적 어려움으로 인해 포기하기로 했습니다. 하지만 맹장 수술 후 알게 된 정부 기관 프로그램은 어학연수 4개월 + 인턴 8개월 = 1년가량 미국에 다녀올 기회였습니다. 소득분위가 낮으면 낮을수록 더 많은 지원을 받을 수 있어 저는 2,400만 원까지도 지원받을 수 있었습니다. 다신 오지 않을지도 모르는 이런 일생일대의 기회를 놓치면 너무나 아쉬울 것 같아 간절한 마음으로 준비했습니다.

먼저 지원 자격 중 하나였던 영어 어학 성적을 제출해야 했는데 급하게 스피킹 학원을 등록해 벼락치기를 했습니다. 영어 성적은 간신히 커트라인을 넘겨 지원할 수 있었고, 자기소개서도 꼼꼼히 썼습니다. 삶에서 겪었던 문제들은 어떻게 극복했는지, 어떠한 환경에서도 잘 적응할 수 있다는 것을 특히 강조했습니다. 그리고 스스로 어학 능력을 키우기 위해 공부한 것, 한국을 알리는 활동과 교내 외국인 유학생 교류 봉사활동을 했던 이야기를 썼습니다. 관련 정보 카페에서 스터디원들을 구해 함께 모의 면접을 준비했습니다. 면접 스터디원분들이 대부분 합격해 후에 미국에서 만났을 때도 참 반가웠습니다.

미국 연수 프로그램을 지원하고, 면접장에서였습니다. 기다리면서 긴장이 되어 옆 지원자분들과 수다를 떨다 떨리는 마음으로 면접장에 들어갔습니다. "면접 보기 전에 무슨 생각을 하셨어요?"하고 물으시고는 제 자기소개서를 쓱 훑어보셨습니다. 곧 "이렇게 열심히 살아줘서 고마워요"라는 말씀하셨습니다. 순간 울컥했지만, 면접을 망치고 싶지 않아 꾹꾹 참았습니다.

프로그램은 언제부터 알게 되었나요?

이 프로그램이 본인의 꿈과 어떤 관련이 있나요?

왜 미국에 가고 싶어요?

(자기소개서에 이곳저곳 옮겨 다니며 생활한 경험 쓴 것을 바탕으로) 현재는 어떻게 살고 있어요?

다른 사람들과 어떻게 친해질 거예요?

재정적인 계획은 어떻게, 얼마나 준비가 되어있나요?

재정적인 어려움 생겼을 때 도움 줄 사람 있어요?

편안한 분위기 속 자기소개서의 내용을 바탕으로 질문하셨습니다. 그러다 금전적인 계획에 대해서는 아주 구체적인 이야기를 듣기를 원하셨습니다. "집에서 도와주신다고 했어요." 돈이 없다고 하면 떨어질 것 같아 일단 질렀습니다. '설마 시설에서 나 몰라라 하시진 않겠지'하는 강한 믿음도 한몫했던 것 같습니다. 인성 면접을 통과하고 다음 관문은 프로그램 미국 스폰서에서 주관하는 영어 인터뷰였습니다.

어떻게 프로그램에 대해 알게 되었나요?

어떤 종류의 인턴십을 하고 싶나요? 이유는요?

전공에 대해서 말해주세요.

어학연수 선호 지역을 샌디에이고(San Diego)로 썼는데 두 번째, 세 번째, 네 번째 선호 지역은 어디인가요? 그 이유는?

인턴십은 거의 다 무급인데 괜찮은가요?

본인은 인턴십 관련 어떠한 자격을 갖추었나요?

상사에게 기분 나쁜 피드백을 받은 경험이 있나요?

만약 그럴 때 어떻게 행동할 건가요?

재정적인 준비는 어느 정도 되어있나요?

시골로 갈 수도 있는데 괜찮아요?

본인의 약점이 뭐라고 생각하나요?

영어 면접이라 걱정했지만, 다행히 예상을 크게 벗어나지 않는 범위의 질문들이라 겨우겨우 대답했습니다. 전공 관련 일을 해볼 수 있는 기회이고, 정부에서 지원금도 준다고 해서 무급도 상관없다고 했습니다. 그래도 가능하면 정치외교학 전공생으로서 인턴 생활은 미국의 정치 중심지인 워싱턴 D.C.에서 해보고 싶다고 강하게 어필했습니다. 그렇게 프로그램 참가자로 선발되고 미국으로 가는 길목에 한 걸음 더 다가섰습니다.

"돈을 어떻게 마련하지?" 정부에서 지원해 준다고 해도 인턴십이 바로 연결되지 않을 수도 있고, 지역에 따라 집값이 부담될 수도 있고, 병원을 가게 될 수도 있는 여러 변수가 있었기에 프로그램 참가자분들의 후기를 바탕으로 예상 생활비용을 산출했습니다. 1,400만 원가량이 더 필요했습니다. 제게는 너무 큰 돈이었습니다. 아르바이트하긴 했지만, 학교도 다니면서 1,400만 원을 더 모으기는 한계가 있었습니다.

목사님과 얘기를 나누고 나서 목사님께서는 OOO 협의회에 제 사정을 설명하고 도움을 요청해 주셨습니다. OOO 협의회 팀장님을 만났고 펀딩을 열어보겠다고 말씀하셨습니다. 이후 감사하게도 펀딩을 통한 지원을 받을 수 있었습니다. 그리고 OO 제약에서 운영하는 재단의 장학생 모집에도 지원하여 장학금을 받았습니다. 대학 교학 팀에도 찾아가 도움을 구했습니다. 전 대학 총장님께서 해당 장학금을 기부하신 걸로 알고 있었는데 당시 학교 총장님께서는 사회적 이동성에 상당히 관심이 많으신 분이었습니다. 제 사정을 설명해 드리고 지원받을 수 있도록 교학 팀에서 도움을 주셨습니다.

아르바이트 200만 원 + 펀딩 500만 원 + 장학금 400만 원 + 대출 300만 원= 1,400만 원(!)

이렇게 해서 미국에 갈 비용을 마련할 수 있었습니다. 지금 생각해도 제게 미국에 갈 수 있는 기회를 주셨던 것, 지원을 받을 수 있도록 도와주신 분들께 너무나도 감사드립니다. 이제 금전적인 고민을 어느 정도 덜게 되어 본격적으로 미국으로 떠날 준비를 시작했습니다. 준비는 참 순조로웠습니다. 학교에서는 다행히 해외 인턴십을 학점으로 인정해 주는 과목이 있었습니다. 3학년 2학기를 마친 저는 4학년 1학기를 인턴십으로 채우고 1학기 조기졸업을 하기로 계획했습니다.

스폰서는 회사 리스트를 주시고 5지망까지 작성해 제출하라고 하셨습니다. 기존 프로그램 참가자분에게도 연락을 드렸는데 참 친절하게 구직 관련 정보를 공유해 주셨습니다. 영문 이력서를 쓰면서 보잘것없는 이력이 부끄럽기도 했지만, 최선을 다해 이력서, 커버레터를 준비했습니다. 각종 서류 제출, 항공편, 해외 사용 카드 발급, 비자 발급, 보험 가입 등 할 게 많았지만, 하루하루 설레기에 바빴습니다. 집 구하는 일이 걱정이었는데 함께 가는 참가자분들과 저렴한 홈스테이를 구해 살기로 했습니다. 같은 침대에서 자는 것이라 약간은 불편할 것 같았지만 감안하기로 했습니다. 짐을 쌀 때는 캐리어 안에 한국에서만 팔 것 같은 화장품, 렌즈를 잔뜩 넣었고 전기장판도 함께 챙겨갔습니다.

드디어 출국 당일! 공항에 도착했습니다. 체크인하는데 한국-홍콩행 티켓만 받고 홍콩-LA행 티켓은 받지 못했습니다. 뒤이어 제가 승객 중에서 랜덤으로 선정되는 '특별 수색 대상'이라는 이야기를 들었습니다. '그래서 'SSSS' 표시가 있는 표를 한 장만 들고 비행기에 올랐습니다.' 인천공항에서 홍콩으로 가는 도중엔 난기류를 만났는데 사람들 소리 지르는 소리에 정말 심장이 철렁했습니다. 잔뜩 긴장한 나머지 온몸의 근육이 뻐근해졌습니다. 예정보다 홍콩 공항에 늦게 도착했고 표를 받지 못한 저는 LA행 비행기를 놓칠까 마음이 급해졌습니다. 특별 수색 대상이었던 저는 짐을 다 꺼내서 검사 받은 후에 가까스로 표를 받고 보안검색대를 통과했습니다. 돌이켜보면 별일 아닌데도 참 조마조마했던 기억이 납니다.

긴 비행 끝에 마침내 미국 땅을 밟았습니다. 긴장되고 설레고 새롭

고 행복하고 감격스럽지만, 때로는 너무나도 힘겨웠던 미국 생활이 시
작되었습니다.

미국엔 있고 한국엔 없는 것

(부제: 미국 생활과 문화)

참고 : 본문의 원화는 당시 1달러 = 약 1,200원이었던 환율로 계산 후 표기하였습니다.

　한적한 주택가에 있는 홈스테이에 도착해 짐을 풀었습니다. 휴대폰을 개통하러 룸메이트들과 다운타운으로 향했습니다. 다운타운에 들어서니 야외 테라스에 앉아 여유롭게 식사하는 사람들, 높은 빌딩 속 은행들, 느긋하게 차 마시며 얘기하는 사람들이 보였습니다. 퍼런 하늘, 선선한 날씨와 함께 어딘가 익숙한 풍경을 가진 듯한 도시, 중학생 미국 단기 연수로 방문한 후 다시 찾아온 샌디에이고(San Diego)의 인상이었습니다.

　휴대폰을 개통하고 직원분이 식당을 추천해 주셨습니다. 마침, 해피아워(HAPPY HOUR)가 있어서 레스토랑들이 손님이 많지 않은 3~6시 사이에 주류를 할인 판매하고 있었습니다. 저희 일행은 한 식당에 들어갔습니다. 저는 아티초크(ATICOKE)라는 메뉴를 시켰습니다. 새로운 것을 먹어보고 싶기도 했고 메뉴 설명을 보니 무난해 보였습니다. 하지만 미리 검색해 보고 주문해야 했습니다.

　웬 양파껍질 같은 것이 나오더니 씹으면 질겨져 도저히 삼킬 수가 없었습니다. 알고 보니 아티초크(ATICOKE)는 식물이었습니다. 건강에 좋은 유명한 음식이라고 하는데 건강을 챙기는 것은 역시 쉽지 않은 일이었습니다. 미국에서의 첫 식사를 마치고 식당을 나오자 금방 해가 어둑어둑해졌습니다. 한국에서는 밤늦게 버스를 타고 귀가해도 괜찮았는데, 미국에선 버스 정류장에 내려 홈스테이까지 꽤 걸어야 하니 약간 겁이 났습니다. 홈스테이에서도 치안을 고려해 밤에는 우버를 타야 한다고 했습니다. 그러다 보니 교통비도 꽤 들었습니다. 룸메이트 언니는 한 달에 우버비만 300$(약 36만 원)가 나왔다고 이야기해 주었습니다. 미국 오기 전에는 마냥 설레고 좋았는데 막상 미국 땅에 와보니 '사람 사는 곳은 다 장단점이 있구나'라고 느꼈습니다. 흔히 미국 이민자들의 생활을 아메리칸 드림이라고 표현하기도 하고 아메리칸 나이트메어(악몽)로 표현하기도 하는 이유를 생활하며 깨달았습니다. 시간이 꽤 흐른 뒤의 이야기입니다만, 미국에서 지내면서 한국에서는 보지 못했던 신기했던 것들을 기억나는 대로 얘기해 보고자 합니다.

이 줄은 뭐지?

처음 다운타운으로 향하는 버스를 탔는데 거추장스러운 줄이 달려있었습니다. 사람들이 줄을 팅팅 당기는 것을 보고 '아! STOP 벨이구나' 했던 기억이 납니다. 샌디에이고에서는 한 달 72$(86,400원)에 무제한으로 버스와 트롤리를 탈 수 있는 정기권을 끊어서 어학원도 다니고, 외국인 친구들과 놀러 다니기도 했습니다.

노숙자들이 왜 이렇게 많지?

평화로워만 보였던 거리를 조금 더 걷다 보니 인도를 점령한 텐트들과 노숙자들을 마주쳤습니다. 왠지 근처로 지나가면 안 될 것 같아 저 멀리 돌아가는데도 풀린 눈으로 사람들을 바라보았습니다. 그러다 뭔가 수상한 냄새를 맡았습니다. '이 냄새는 뭐지?' 꾸리꾸리한 냄새가 났는데 곧 기이하고 반복적인 행동을 하며 지나가는 몇몇 사람들을 보니 뭔가에 중독된 상태인 듯했습니다.

하루는 노숙자가 같이 간 한국인 참가자들에게 도넛을 던졌다는 이야기를 들었습니다. 어느 날은 유독 아침 온도가 낮아 쌀쌀한 날이 었는데, 노숙자로 보이는 분이 사망하셔서 흰 천을 덮어주는 모습을 목격하며 서늘한 기운을 느꼈습니다. 노숙자들은 날이 추운 미국 동부보다 따뜻한 서부에서 많이 볼 수 있었습니다. 한국과는 달리 미국 거리엔 노숙자가 왜 이렇게 많을까 놀랐습니다. 높은 의료 비용과 주거 비용, 마약 문제 등 미국 사회의 다양한 문제들이 결합하여 사람들이 길거리로 내몰린 것이 아닐까 하는 생각이 들었습니다. 검색을 해보니 각 주에서 거주 정책을 펴고 있음에도 정책적 한계가 존재한다는 내용을 보았습니다. 노숙자 수가 갈수록 증가하여 당시 캘리포니아 선거 최대 이슈로 떠오를 정도로 많은 이들이 공감하면서도 해결이 요원한 문제인 듯했습니다.

스트링치즈 왜 이렇게 싼 거지?

미국 마트에 가서 장을 보는데 과일, 고기, 케이크, 생리대 등 장 보는 물가가 굉장히 저렴해 놀랐습니다. 12개에 2.99$(3,588원)였던 스트링치즈를 보고 왕창 사서 한참을 쟁여두고 먹었습니다. 33$(약 4만 원) 정도면 일주일 치 먹을 음식 재료를 살 수 있었습니다.

어느 하루는 룸메이트 언니가 마트 구경을 하러 가자고 했습니다. '마트를 구경한다고?' 시큰둥했지만 심심해서 따라갔습니다. 마트에 가니 미국에서만 볼 수 있는 각종 과자, 딸기 맛 환타, 캔 버블티 등 다양한 상품들이 많아 보는 재미가 있었습니다. 더 좋았던 것은, 외국인 친구들과 콘보이에 있는 한인 마트를 갔던 일입니다. 분명 미국인데, 한국

상품이 너무 많아서 반가웠습니다. 또 친구들한테 한국 과자, 음료수, 술을 설명해 주면서 얘기할 거리가 많아 참 좋았습니다.

음식들이 왜 이렇게 짜고 달고 느끼하지?

저렴한 장바구니 물가와는 달리 미국에서 외식은 꽤 비쌌습니다. 제법 비싼데도 불구하고 어떤 음식은 너무 짜고 어떤 건 너무 달았습니다. 미국에 도착한 첫 달엔 자극적인 음식들이 입에 맞지 않아 과일 샐러드 위주로 먹고 몸무게가 무려 4kg가량이 빠졌습니다. 조금 더 지내다 보니 포케나 샐러드 등 건강하게 먹을 수 있는 음식을 파는 레스토랑도 많다는 것을 알게 되어 다행이었습니다. 하지만 미국의 어느 레스토랑에 가도 양이 적다고 생각해 본 적은 없었습니다. 보통 한 끼를 포장하면 두 끼에 걸쳐 나누어 먹곤 했습니다. 어느 날엔 파티를 갔는데 책상만 한 대형 피자가 배달이 와서 정말 신기했습니다.

맥도날드, 인 앤 아웃, 웬디스, 쉐이크쉑, 파이브가이즈 등등 미국 대표 음식답게 버거집 종류도 정말 많았습니다. 미국에 온 만큼 경험삼아 종류별로 먹어보았습니다. 개인적으로는 샌디에이고에 있는 Ho-dad's 버거와 쉐이크쉑 버거가 가장 맛있었습니다.

이건 뭐 하는 기계지?

하루는 영화관에 갔는데 낯선 기계가 있어서 유심히 보니 팝콘에 녹인 버터를 뿌려주는 기계였습니다. '팝콘에 버터까지! 칼로리가 이게 다 얼마야!'하며 놀란 기억이 있습니다.

이 놀이기구는 어떻게 가져다 놓은 거지?

미국에 가니 만화 축제인 코믹콘, 프라이드 퍼레이드 등 크고 작은 축제가 참 많았습니다. 어느 날은 지역 축제를 갔는데 놀이기구가 있었습니다. 어떻게 이렇게 큰 놀이기구를 가져다 놓은 것인지 궁금했습니다. 근처 트럭에서는 다양한 나라의 음식들을 팔고 있었습니다. 맛있는 것도 먹고 처음 보는 사람들과 얘기하며 친해지는 일도 참 특별한 경험이었습니다. 샌디에이고에서 지내면서 흥미로운 지역 축제를 찾아다니곤 했습니다.

한 번은 친구의 초대를 받아 대학 축제에 놀러 갔는데 번쩍거리는 놀이기구가 한 서너 개 있었고 다들 정신없이 축제를 즐기고 있었습니다. 한쪽에 춤추는 스테이지가 있었는데 맨땅에 노래만 틀어주는데도 뻘쭘해하던 제가 튀어 보일 정도로 학생들이 춤에 진심이었습니다. 한국에서의 대학 축제도 재미있긴 했지만, 연예인이 누가 오는지가 관심사 중의 하나였는데, 미국 대학 축제는 색다른 매력이 있었습니다. 그리고 친구들을 사귀면서 베이비 샤워나 각종 홈파티에 갈 일이 종종 있었습니다. 어디 가나 춤이 빠지질 않았습니다. 영 마음처럼 몸이 움직이질 않아 주저했지만, 사람들이 '한국 애들은 저렇게 춤을 못 추나?' 생각할까 봐 나름대로 최선을 다했습니다. 다행히 다들 그냥 귀엽게 봐주시는 듯했습니다.

왜 나한테 말을 걸지? ٩(◟)و

어딜 가나 사람들은 슬쩍 눈을 마주치면 인사를 하며 가벼운 이야기를 시작하곤 했습니다. '아, 이게 말로만 듣던 스몰톡(Small Talk)이구나' 생각했습니다. 보통 날씨 이야기로 시작하면서 미국 생활을 즐기고 있는 제 얘기하기도 하고 여행지를 추천받기도 했습니다. 처음에는 좀 어색했는데 스몰톡에 익숙해지니 다른 사람들의 이야기를 듣는 게 흥미로웠고 영어 회화도 연습할 수 있어 좋았습니다.

대체로 제가 만난 사람들은 다정하고 활발한 분들이 많았습니다. 때로는 '내향적인 성격이라면 미국에서 살기 어렵겠다'라는 생각이 들었습니다. 한 친구는 '미국에서 살면 네트워킹이 중요하다'라며 사람들과 자주 어울리고 활동도 하면서 취업도 하게 되었다고 이야기해 주었습니다. 밝은 에너지를 가진 사람들과 얘기하다 보니 들뜬 기분과 함께 말투도 좀 더 하이톤으로 말하게 되는 것 같았습니다. '나한테 이런 활발한 모습이 있었구나!' 스스로도 다른 인격을 가진 사람이 된 것 같아 놀랐습니다.

사람들의 매너도 너무 좋았습니다. 쇼핑몰에서 문을 잡아주기도 하고, 종종 사람들이 길거리에서 "너 오늘 예쁘다!", "입은 옷 잘 어울린다!"라며 칭찬해 주었습니다. 어느 날은 해변을 걷고 있는데 한 아이로부터 '너무 예쁘다'라는 이야기를 듣고 온종일 싱글벙글했습니다. 한국에서는 잘 들어보지 못한 얘기였는데 '내가 미국에서 인기가 좀 있나?' 하며 잠시나마 행복한 상상을 했습니다.

그리고 미국은 확실히 퍼스널 스페이스(Personal Space)가 한국보다 훨씬 넓은 듯했습니다. 한국에서와는 달리 마트에서 줄을 기다릴 때 사람들이 비교적 널찍널찍하게 서 있었습니다. 사람들 사이를 지나갈 때 서로 닿을 정도의 거리가 아닌 꽤 거리가 있어 보이는데도 "잠시만요"하고 지나갔습니다. 한국에 돌아와 미국의 이런 문화가 약간은 그립기도 했습니다.

사치인 줄 알았던 미국 여행의 가치

(부제: 밤과 바다 그리고 선인장)

여행할 곳이 어쩜 이렇게 많지?

평소 여행은 사치라 생각했습니다. 그런데 미국에 오니 곳곳에 가볼 만한 곳 천지였습니다. 미국 사람들이 해외여행을 잘 안 간다고 하던데, 미국 내에만 해도 갈 곳이 너무 많아서 그럴지도 모른다는 생각이 들었습니다.

샌디에이고 / 로스앤젤레스 / 멕시코 티후아나 / 뉴욕 / 워싱턴 D.C. / 필라델피아 / 콜로라도주 덴버

넓디넓은 미국 땅 중 7곳을 방문했는데 하나하나 정말 소중하고 꿈만 같은 추억으로 남았습니다.

샌디에이고(San Diego)

샌디에이고는 도심에서 조금만 걸어가도 바다가 보여 마음껏 자연 경치를 즐길 수 있다는 것이 참 좋았습니다. 라호야 비치(La Jolla Beach), 미션 비치(Mission Beach), 코로나도 비치(Coronado Beach), 토리파인스(Torrey Pines), 오션 비치(Ocean Beach), 퍼시픽 비치(Pacific Beach) 등 어찌나 바다가 많은지 해변 보면서 밥도 먹고, 바다사자도 보고, 서핑도 할 수 있었습니다.

물론 서핑해 보니 쉽지는 않습니다. 서프보드와 함께 넘어지면서 물을 먹으면 먹을수록 중심을 잡는 것이 두려워지기 시작했습니다. 그러다 어느 순간 딱 한 번 물결을 타고 미끄러지는 듯이 파도를 탔습

니다. 그리고 곧 또 뒤로 넘어지면서 물을 진탕 먹었지만 '계속하다 보니 한 번은 되긴 하는구나!' 싶어 기분이 좋았습니다. 발보아 공원(Balboa Park)도 멋있었고 애니스 캐년 트레일(Annie's Canyon Trail)이나 포테이토 칩 락(Potato Chip Rock)을 가볍게 등산했던 일도 기억에 남습니다. 포테이토 칩 락은 감자칩 모양의 돌로 유명해진 산인데 감자칩에 누워서 사진을 찍고 회전시키면 마치 떨어지는 듯한 모습으로 보여 SNS에 인증샷을 올리는 재미가 있었습니다.

조슈아 트리(Joshua Tree)

특히 LA 근교에 있는 조슈아 트리도 정말 예뻤습니다. 캠핑 명소로 유명한 곳이라 해서 친구들과 두 번 다녀왔습니다. 밤하늘을 가득 채운 별을 구경하고, 친구에게 야간 사진 찍는 법도 배웠습니다. 한국에서도 못 해본 캠핑을 미국에서 해보다니! 너무 설레고 좋아서 늦게까지 잠을 이루지 못했습니다.

로스앤젤레스(Los Angeles)

미국에 오면 가장 가보고 싶었던 곳 중 하나가 코리아타운(Korea Town)이었습니다. 코리아타운에 가면서 로스앤젤레스의 다양한 명소를 구경하기로 했습니다. 처음에 간 곳은 부유한 동네로 유명한 베벌리 힐스(Beverly Hills)였는데 거리부터 당시 진행 중이었던 화려한 루이비통 전시까지 모든 것이 고급스러워 보였습니다. 그런데 배가 너무 고파 화려함을 뒤로하고 서둘러 코리아타운으로 향했습니다. 삼겹살 무한 리필(All You Can Eat) 식당에서 허겁지겁 배를 채웠습니다.

식사를 마치고 드디어 기대했던 코리아타운을 둘러보았습니다. 그런데 코리아타운의 모습은 마치 텔레비전 속에서 보던 한국의 1960~70년대를 보는 듯한 기분이 들었습니다. 곳곳에 보이는 한국어가 반갑기도 하면서 한편으로는 어딘가 낯설기도 했습니다. 해가 지기 전, 20분 정도 산을 올라 그리피스 천문대(Griffith Observatory)에 도착했습니다. 영화 '라라랜드' 촬영지로도 유명한 곳이었습니다. 해가 지는 모습부터 아름다운 야경까지도 볼 수 있었습니다. 엘에이 시내가 한눈에 다 보이는, 정말 입이 떡 벌어지는 광경이었습니다.

하루는 LA에 있는 홀로코스트 박물관(Holocaust Museum LA)에 방문했습니다. 당시의 참상을 그대로 재현한 방에 들어갔습니다. 안에서 사람들이 얼마나 고통스러웠을지 생각만 해도 끔찍했습니다. 박물관에서 어릴 적 읽었던 '안네의 일기' 일부를 다시 볼 수 있었습니다. 이어지는 안네의 방에 들어가서도 참 안타까운 마음이 들었습니다. 내부를 구경하고 나오는데 '홀로코스트 생존자와의 대화' 프로그램이 있었습니다. 이 생존자분은 영어에 능통하여 영어 교사로도 일하셨다는 이야기를 들었습니다. 수용소를 도망쳐 나와 눈 속에 파묻혀 있는데 의식을 잃기 전 극적으로 누군가 손을 내밀어 구해주었다고 하셨습니다. 그날의 상처는 아물었지만, 흉터가 짙게 자리한 듯했습니다. 몇십 년이 지난 이후에도 여전히 그날의 기억이 뚜렷하신 듯 때로는 눈물을 글썽이시는 모습에 너무나도 마음이 아팠습니다.

해가 저물 무렵엔 라구나 비치(Laguna Beach)의 물결치는 파도를 보면서 생각에 잠기기도 했습니다. 미래에 대한 불안감도 있었지만, 그

순간만큼은 현재의 황홀함을 만끽하기에 바빴습니다.

국경을 걸어서 넘을 수 있다니!

티후아나(Tihuana, Mexico)

샌디에이고랑 멕시코 티후아나(Tihuana)의 국경이 서로 붙어 있어서 많은 사람이 샌디에이고에 가면 티후아나도 함께 다녀온다는 얘기를 들었습니다. 하지만 티후아나는 굉장히 치안이 좋지 않은 곳으로 유명했습니다. 그래서 마음의 준비를 단단히 하고 공항으로 향했습니다. 공항을 거쳐 비자 서류를 보여주고 멕시코에 갈 수 있었습니다. 그냥 걸어서 이렇게 국경을 쉽게 넘을 수 있다는 것이 참 신기했습니다. 멕시코 땅을 밟는다는 설렘도 잠시, 잠깐 걸어 다니는 것도 겁이 났습니다. 곳곳의 유리창들이 깨져있고 거리에도 사람이 많지 않아 빨리 택시를 잡아 탔습니다.

그래도 티후아나도 사람 사는 곳이라 사람들이 많이 모이는 곳은 상대적으로 안전했습니다. 정말 놀랐던 것은 물가가 엄청 싸다는 것이었습니다. 일행 4명과 함께 한 레스토랑에 갔는데 정말 이런 요리는 처음 먹어 볼 정도로 다양한 코스요리들을 먹을 수 있었습니다. 그런데 계산할 때 보니 총 $70.39(약 84,468원)가 나왔습니다. 이래서 다들 미국에서 오나 보다 싶었습니다. 저도 서너 번 더 다녀왔습니다.

선인장은 무슨 맛이지?

티후아나의 시장에 갔더니 선인장을 팔고 있었습니다. 시식을 하게 해 주셔서 먹어보니 오이 같은 느낌의 아삭아삭한 느낌이었습니다. 호불호 있을 수 있는 맛이지만 Yummy! 샌디에이고로 돌아와서도 선인장이 들어간 타코를 종종 사 먹었습니다.

내가 UN에 있다니! 꿈인가?

뉴욕(New York)

미국에서 처음 맞는 크리스마스였습니다. 인턴 생활을 시작한 지 얼마 되지 않아 적응이 힘들 때였는데, 모처럼 집에만 있으면 너무 외로울 것 같았습니다. 크게 맘먹고 뉴욕에 혼자 가보기로 했습니다. 보통은 여행할 때 일행이 있었는데 이번에는 혼자 여행을 가려다 보니 좀 더 꼼꼼하게 찾아보고 일정도 빡빡하게 채워 넣었습니다. 워싱턴 D.C.에서 뉴욕으로 가는 버스를 타고 4시간쯤 가니 어느새 뉴욕 한복판에 도착해 있었습니다.

'화면 속에서만 보던 그 뉴욕 거리에 내가 있다니!' 발걸음이 빨라졌습니다. 경보를 하며 쌩쌩 돌아다녔습니다. '이런 행복한 순간을 즐겨도 되나?' 그저 방방 떠 있었습니다. 뉴욕에 와 있는 자체만으로도 설레는 마음에 배고프다는 생각도 들지 않았습니다. 컵라면, 빵 정도만 먹어도 충분했습니다. 타임스퀘어(Time Square), 트럼프 타워(Trump Tower), 브루클린 브리지(Brooklyn Bridge), 센트럴 파크(Central Park), 덤보(Dumbo) 등을 돌아다녔습니다. 언제 이렇게 뉴욕에 와보나 싶은 생각에 1분 1초가 아쉬웠습니다. 혼자 여행하면서 '사진은 누가 찍어주나?' 걱정했는데 지나가는 분들에게 "사진 좀 찍어주실 수 있을까요?" 요청하니 친절하게 잘 찍어주셨습니다.

혼자 여행하며 기쁨을 나눌 사람이 없어 약간은 외롭기도 했습니다. 마침 크리스마스 시즌이라 더욱 화려하게 빛나던 록펠러 센터 (Rockefeller Center)의 크리스마스트리 덕에 조금은 기분이 나아졌습니다. 여행 마지막 날, 뉴욕에 가면 브로드웨이 뮤지컬을 꼭 한번 보고 싶었습니다. 브로드웨이 뮤지컬 티켓 추첨 사이트에 들어가 신청했는데 당첨되어 할인된 가격으로 알라딘을 볼 수 있었습니다. 크리스마스 선물을 받은 듯한 기분이었습니다. 뮤지컬 알라딘은 아는 내용이라 더 재미있었고 배우들이 카펫을 타고 날아다니는 장면에서는 너무나 감격스러운 나머지 입을 틀어막고 초집중하며 보았습니다.

무엇보다도 가장 좋았던 것은 유엔(UN)에 방문했던 일입니다. 이런 저런 설명을 들으며, 의미 있는 일을 해내는 사람들이 참 멋있다고 생각했습니다. 국제기구에서 일한다는 것이 힘든 부분도 많겠지만 여러 부담을 이겨내고 일하시는 분들이 참 대단해 보였습니다.

미국 대통령에게 무슨 일이?

뉴욕을 여행하며 참 신기했던 것 중 하나는 기념품샵 등에서 대통령 굿즈를 파는 것이었습니다. 당시 대통령이었던 트럼프 대통령 얼굴이 들어간 초콜릿, 청소솔, 병따개, 말랑이 장난감 등을 팔고 있었습니다. 물론 오바마 전 대통령 굿즈도 많았습니다. 한국에서는 대통령 시계 정도 본 것 같은데 미국엔 얼굴이 들어간 제품들이 많다는 차이가 있었습니다.

숙소로 돌아와서는 혼자 다니면서 외로웠는지 처음 보는 사람들과 실컷 수다를 떨기도 했습니다. 그렇게 즐거운 뉴욕 여행을 마치고 다시 집으로 돌아왔습니다. 짧긴 했지만, 필라델피아에서는 미국의 자유를 상징하는 유명한 자유의 종(Liberty Bell), 필라델피아 미술관(Philadelphia Museum of Art)도 구경하고 콜로라도 덴버에서는 드넓은 자연 풍경을 감상할 수 있었습니다. 미국에서의 생활, 특히 여행 경험은 국내에서도 여행 경험이 많지 않았던 제게 정말 꿈만 같은 시간이었습니다. 여행하면서 계획도 세우고, 생각도 정리하고, 사람들과 더욱 돈독해지고, 재충전의 시간을 가질 수 있었습니다.

누군가에게는 아메리칸 드림, 누군가에게는 아메리칸 나이트메어로 여겨지는 미국 생활, 제게는 적어도 아메리칸 드림이 아니었나 싶습니다. 코로나가 터지며 미국 생활이 악몽으로 여겨지는 순간들도 찾아오기도 했지만, 돌이켜보면 제게 평생 이런 행복하고 감사한 날들이 다시는 오지 않을 것만 같습니다.

어학연수 하러 갔다가 911을 부른 이유

(부제: 어학연수 그리고 구직)

"주디의 영어 실력이 제일 많이 느는 것 같아."

4개월 어학연수 + 8개월 인턴십 프로그램으로 미국에 와 어학원 생활을 시작했습니다.

어학원에서 첫날 기념으로 피자를 시켜주셨습니다. 먹고 정리하려는데 큰 통에 모든 쓰레기를 한 번에 버리라는 이야기를 들었습니다. 미국에서는 한국처럼 분리수거를 하지 않는 줄 몰랐습니다. 같이 간 참가자분들과 '한국보다 큰 캘리포니아에서 분리수거를 이렇게 한다니 허무하다'라는 얘기를 했습니다.

본격적으로 수업이 시작되고 레벨테스트를 통해 반을 배정받았습니다. 제 영어이름은 비키였는데 누군가 영화 '주토피아'에 나오는 주디를 닮았다면서 주디라고 부르기 시작했고 나중엔 주디로 개명했습니다. 어학원 선생님은 정말 활발하고 말이 빠른 분이셨습니다. 어학원에서는 기초 문법부터 배우기 시작했는데 내용은 너무 쉬웠지만, 막상 회화는 잘되지 않았습니다. 4개월 후면 일도 해야 하는데, 최선을 다해 수업을 듣고 숙제도 열심히 하기로 했습니다. 어학원 선생님은 발음을 특히 신경 써 주셨고, 매주 에세이 숙제를 통해 영작과 교정을 반복했습니다. 수업 시간에 다른 친구들과 대화하는 시간도 많았습니다. 얘기하다 막히는 부분을 적어두고 따로 찾아보았습니다. 대화할 때 너무 떨리고 무슨 얘기를 해야 하나 어색했던 순간도 있었지만, 시간이 지나며 조금은 나아졌습니다.

하루하루 어학원을 다니다 문득 생각해 보니 자비 부담으로 어학원을 다니려면 꽤 비용이 많이 들었습니다. 새삼 정부 지원받아 어학연수를 하게 된 사실이 참 감사했습니다. 이 정도 실력에 열심히라도 해야겠다는 생각이 들어 한 번도 결석하지 않고 성실히 수업을 수강하였습니다. 그래도 수업이 끝나면 외국인 친구들과 즐겁게 지냈습니다. 어학원에서 만난 친구들과 함께 코믹콘(샌디에이고에서 열리는 최대 규모의 만화 축제)도 가고, 해변 이곳저곳을 놀러 가기도 했습니다. 화요일에는 타코를 할인하는 타코 튜스데이(Taco Tuesday)가 있어서 가끔 같이 타코를 먹으러 간 것도 좋았습니다.

하지만 어학원 생활이 항상 즐거운 것만은 아니었습니다. 평화롭던 어느 날, 예상치 못한 상황에 911을 부르고야 말았습니다. 어학원 수업이 끝나고 2시가 넘은 시각이었습니다. 그날은 곧장 집으로 향했는데, 펫코 파크에서 야구 경기가 있어 어학원에서 좀 떨어진 환승센터(Transit center)로 가서 룸메이트 언니와 버스를 탔습니다. 버스에 신발을 신지 않은 추레한 행색의 남자가 돈을 내지 않고 타는 듯했습니다. 신발도 안 신고 걸음걸이도 그렇고 약간 특이한 사람 정도로 생각했습니다. 저와 룸메이트 언니는 맨 뒷자리에 앉았는데, 그 사람이 제 근처에 앉더니 힐끔힐끔 쳐다보았습니다. 부담스러워 시선을 피하고 숙제를 하는 척 책으로 얼굴을 가렸는데도 계속해서 쳐다보는 시선이 느껴졌습니다. 옆에서 룸메이트 언니는 자고 있어 깨우기도 그렇고, 어딘가 불편한 느낌이 계속되었습니다.

이후 아이 둘과 어머니가 버스에 탔고 그들에게도 가까이 다가가며 위협적인 제스처를 보였습니다. 그 사람들이 내리자, 다시 제 옆으로 남자가 자리를 옮기면서 반동을 이용해 얼굴을 엄청 가까이 내밀었습니다. 정말 식겁했지만, 괜히 엮이고 싶지 않아 대응하지 않았습니다. 하지만 버스를 타고 가는 40여 분 동안 내내 신경이 쓰였습니다. 정류장에 내릴 때가 되어 언니를 깨우고 상황을 얘기했습니다. '설마 따라 내리진 않겠지?' 생각했는데, 불길한 예감이 딱 들어맞았습니다.

저와 언니는 너무 놀라 가던 길과 반대편으로 가고 있는데도 남자는 계속해서 따라왔습니다. 게다가 그 사람은 중요 부위를 움켜쥐고 따라오고 있었습니다. 너무 당혹스러운 상황에 마침 근처에 전기 설비 관련 일을 하고 계신 분들이 있었습니다. 급하게 그분들께 다가가 말을 걸었습니다. 남자는 가라는 얘기에도 계속 앞에서 기다리고 있어 결국 룸메이트 언니가 911에 연락했습니다. 911을 부르자 남자는 급하게 도망갔고 경찰관분들이 집에 데려다주셨습니다. 집에 돌아와 긴장이 풀리니 저도 모르게 웃음이 툭 터져 나왔습니다.

미국 길거리에서 종종 차가 부서져도 테이프를 붙여서 타는 걸 보고 참 신기하게 생각했는데, 대중교통에서 이상한 사람을 마주치고 나서는 한동안 '아무렴 청 테이프를 붙여서라도 차를 타야지' 생각했습니다. 이후에도 길거리에서 낯선 사람들이 저를 확 밀치면서 욕을 하기도 하고 웬 이상한 사람이 막대기를 들고 쫓아오기도 하는 등 겁나는 상황이 가끔 있었습니다. 모두 낮에, 사람이 많은 대로변이었는데도 말입니다.

어학원 생활 초기에 치안에 대한 불안감이 생기니 계속해서 신경이 쓰이긴 했습니다. 다른 프로그램 참가자분들에게 911 부른 이야기를 하다 사는 지역, 월세에 관한 얘기가 나왔습니다. 저는 $300(약 36만 원)으로 참가자 중 가장 저렴한 편에 속했지만, 치안이 좋지 않은 지역이라는 것을 알게 되었습니다. 어떤 분은 일주일에 $290(약 348,000원)을 내기도 하고 미국의 월세는 정말 천차만별이었습니다. 하지만 적어도 위치와 치안을 생각하니 '돈이 많으면 많을수록 좋다'는 생각도 들었습니다. 한국에서 돈이 없으면 '불편한' 환경에서 살게 되고, 미국에서 돈이 없으면 '위험한' 환경에서 살게 되는 것 같았습니다.

어학연수 중 치안은 조금 신경이 쓰였지만 대체로 평화로운 날들을 보냈고, 제 삶에 긍정적인 변화들도 조금씩 생겨났습니다. 총 세 가지인데, 그중 하나는 요리하기 시작한 것입니다. 미국은 장 보는 물가가 워낙 저렴하고 외식할 때 사 먹는 음식들이 자극적으로 느껴질 때가 많아 요리하기 시작했습니다. 하다 보니 흥미가 생겨 미국에서 생활하는 내내 다양한 요리를 시도했습니다. 처음에는 간장에 물을 타야 하는데 간장을 왕창 부어 불고기 간장 절임을 만들었습니다. 그런데 여러 번 시도하다 보니 자신감이 생겼습니다. 요리는 참 좋은 취미인 것 같았습니다. 실패해도 부담이 적기 때문이었습니다. '왜 맛이 없었을까?'라고 잠깐 고민해 보고 다시 부담 없이 다른 방식을 시도해 볼 수 있어 참 좋았습니다. 그렇게 완성된 요리가 하루하루 늘어갔습니다.

두 번째로는 미국에서 헬스를 처음 시작했습니다. 미국은 정말 헬스를 하려고 맘만 먹으면 얼마든지 할 수 있는 환경이 잘 조성되어 있었습니다. 4개월 동안 이용권을 끊고 헬스를 꾸준히 다녔습니다. 주위에서 그리고 헬스장 이용하시는 분들도 제 자세가 영 아니었는지 친절하게 가르쳐 주셔서 참 감사했습니다. 사실 무리하게 운동하지 않아 더욱더 오래 즐겁게 할 수 있었던 것 같습니다. 헬스장을 꾸준히 다닌 것만으로도 큰 뿌듯함을 느꼈습니다.

마지막으로는 영어 공부에 더 많은 시간을 투자하기 시작했습니다. 4개월의 어학연수 중 2개월이 넘어가면서 부족한 영어 실력도 갈수록 스트레스였습니다. 2개월 만에 영어를 잘하는 것은 당연히 크나큰 욕심이지만 영어 잘하는 분들과 비교도 되고 인턴십도 걱정이 되었습니다. 비교에 대해서 잠깐 얘기하자면, 의식하지 않으려 했지만 미국에 가니 돈 많고 여유 있어 보이는 친구들이 한국의 대학 캠퍼스에 있을 때보다 훨씬 많아 보였습니다. 함께 자주 어울리고 싶었지만, 몇 번만 같이 놀아도 꽤 많은 돈이 들었습니다. 친구들을 보며 아주 가끔은 부러웠습니다. 친구들과 쇼핑하러 가면 다들 "너는 아무것도 안 사?" 하는 이야기를 듣곤 했는데, "맘에 드는 게 없다"며 까다로운 척했습니다.

어느 날은 한 성격 좋은 친구와 쇼핑하러 갔는데 둘이 동시에 같은 패딩을 집었습니다. 가격이 대략 30만 원 정도 했습니다. 그래서 저는 쏜살같이 다시 제자리에 돌려놓았는데, 친구는 그 자리에서 바로 사는 걸 보았습니다. 순간 부러웠지만 부러워한다고 돈이 생기는 것도 아니니 너무 마음 쓰지 말아야겠다고 생각했습니다. 당시엔 그저 어학연수 기간에 할 수 있는 회화 실력을 쌓는 게 최선이었습니다. 다행히 고마운 한국인 참가자 오빠가 있었습니다. 서로 친해지면서 얘기해 보니 생각도 환경도 참 비슷했습니다. 그토록 원했던 매일 영어를 할 수 있는 환경에 왔는데, 좀처럼 오르지 않는 실력에 대한 고민도 얘기했습니다. 그래서 함께 헬스를 하고 도서관에 가서 공부하기 시작했습니다. 서로 배운 걸 써먹어 보겠다며 영어로 대화도 많이 했습니다. 그래도 어학연수가 끝날 때쯤 주위에서 다른 참가자분들이 "주디가 영어가 제일 많이 는 것 같아"라는 이야기를 해주어 참 고마웠습니다.

4개월이 참 빨리도 지나갔습니다. 어학연수가 끝나는 날이 다가오면서 주위 참가자분들은 인턴십을 하게 될 곳이 확정되어 이사를 준비하기 시작했습니다. 그런데 저는 여전히 아무것도 정해지지 않은 상태였습니다.

출국 전, 회사 리스트를 주고 5지망까지 적어내라고 했습니다. 그런데 제가 적어냈던 5곳은 구인하고 있지 않은 곳들이었습니다. 부족한 경력을 가지고, 국내에서도 힘든 취업을 미국에서 도전하는 상황이라 하루하루 불안했습니다. 일단 어학연수 하면서 작문했던 것들, 특히 취업을 대비하여 북한 비핵화 이슈나 한국 정치 관련해서 글을 썼던 것들을 보완해서 구직에 보탬이 되고자 했습니다.

그러던 찰나에 워싱턴 D.C에 있는 국제관계 관련 싱크탱크(Think Tank)에서 인턴십 오퍼를 받았습니다. 프로그램에 참여하면서 어느 회사에서 일해도 상관없다고 생각하기는 했지만, 특히 워싱턴 D.C에 있는 회사에서 일해보고 싶었는데, 제게도 면접 기회가 주어졌습니다.

다행히 면접은 잘 본 것 같았습니다. 제가 대학에 다니면서 수강했던 정치외교학 전공과목들의 성적이 좋았고, 기관에서도 한국 정치에 관심 있는 사람을 필요로 한다는 얘기를 해주셨습니다. 합격 연락받고 드디어 일할 곳을 찾아 동부로 떠날 준비를 했습니다. 워싱턴 D.C.로 가게 되며 또 다른 집을 구해야 했는데, 가까운 지역에서 일할 예정인 참가자분을 알게 되어 함께 살기로 했습니다. 워싱턴 D.C.의 살인적인 집값을 생각하면 여기서도 룸메이트와 한 침대를 써야 했습니다. 치안이 매우 좋지 않은 지역, 다른 사람들과 함께 사는, 딱 침대 한 개와 캐리어 가방 정도 들어갈 크기의 방이 월 $900(약 108만 원)였습니다. 룸메이트와 월세를 반씩 부담하기로 했습니다.

그래도 대도시치고는 저렴한 편이었고, 몸 가눌 곳이 있다는 것이 다행스럽게 여겨졌습니다. 샌디에이고에서 7시간가량 비행기를 타고 워싱턴 D.C.에 도착했습니다. 동부에서 설레는 마음으로 인턴십을 시작하려는데, 가자마자 병원 신고식을 치렀습니다.

미국 회사에 한국인 인턴이 일하면 좋은 점

(부제: 싱크탱크 인턴 생활)

"네가 매번 찾아오는 기사 아이템에 감탄할 때가 많은데,
그걸 포장하는 법을 잘 모르는 것 같아."

4개월 어학연수 + 8개월 인턴십 프로그램으로 워싱턴 D.C. 소재 싱크탱크에서 인턴십을 시작했습니다. 첫 출근을 앞두고 있는데 갑자기 입이 벌어지지 않았습니다. 양치하는데 칫솔이 안 들어갈 정도였습니다. 억지로 입을 벌리니 상상을 초월하는 통증이 느껴졌습니다. 아무것도 먹을 수가 없는 데다 너무 아픈 와중 '병원에 가면 병원비가 어느 정도 나오려나?'하는 생각에 두려워졌습니다. 미국의 의료시스템을 마주할 마음의 준비가 되어있지 않았습니다. '입이 안 벌어짐', '턱 통증' 등 닥치는 대로 각종 증상을 검색하고 정부 프로그램을 통해 가입한 보험이 적용되는 치과를 알아보았습니다. 진단을 정확히 못 알아들을까 봐 한인치과에 방문했습니다. 검사하는 기계가 한 바퀴 빙 돌아가고 의사 선생님을 뵈었습니다. 출국 전 사랑니를 발치했었는데, 사랑니 뺀 자리에 염증이 생겼다는 이야기를 들었습니다. 약은 애드빌(Advil) 진통제를 처방해 주셨습니다. 걱정했던 병원비는 $314(약 376,800원)가 청구되었습니다. 정말 다행히 절반은 보험 보장받을 수 있었습니다.

집에 돌아와 집주인과 치과 다녀온 얘기를 했습니다. 그런데 집주인도 사랑니가 있는데 아픈데도 병원을 안 가고 애드빌 먹으면서 버티고 있었습니다. 무섭기도 하고, 미국은 매복 사랑니 뽑는 비용이 많이 들기 때문이라는 것이었습니다. 집주인도 사랑니를 못 뽑는다니! 한국의 의료시스템이 그리워졌습니다. 병원 진료를 잘 마치고 드디어 회사에 첫 출근을 했습니다. 첫날인데 환영식? 오티? 따위는 할 여유가 없어 보였습니다. 주한 미 대사 초청행사에 합류해 진행을 보조하고 사람들과 교류하느라 정신이 없었습니다. '이제 퇴근해도 되는 건가?'라고 퇴근할 때쯤 정신이 들었습니다.

첫 주는 사실 기관 일정이 많아 눈치 보기 바빴습니다. 바쁘게 돌아가는 분위기에서 일을 배우는 것은 마치 수영하는 법을 모르는 상태에서 일단 물속에서 허우적거리며 수영하는 법을 익히는 것 같았습니다. 어학원에서 들었던 영어와 차원이 달랐습니다. 약어가 많아서 들어도 무슨 말인지 모르는 것들이 태반이었습니다. 쏟아지는 영어 속에서 너무 당황하면 얼어버리는 제 모습을 발견하기도 했습니다. 연말이라 기관의 일이 많았지만, 상사는 바쁜 와중에도 틈틈이 인수인계, 오리엔테이션을 해주시면서 업무에 필요한 자료들을 공유해 주셨습니다. 기관에 들어와 보니 굵직굵직한 행사에 참여할 일도 많고 인턴이어도 단순 업무만 시키지 않아 많이 배울 수 있겠다는 기대가 커졌습니다.

인턴십은 약간의 보조금(Stipend)을 받긴 했지만 무급이었습니다. 그래도 교통카드가 지급되어 교통비를 해결할 수 있고 이벤트가 있을 때마다 맛있는 음식을 먹을 수 있었습니다. 그리고 회사 부엌에 밥솥도 있고 먹을 게 많아 좋았습니다.

허겁지겁 업무에 적응하면서 부족한 모습도 많았습니다. 다른 인턴들에 비해 업무를 처리하는 속도가 조금 느렸습니다. 일 1이 끝나면 일 2, 일 3, 일 4 이렇게 끊임없이 계속 일을 처리하려면 아무래도 능숙한 작문 실력과 스피킹 실력이 필수였습니다. 아무래도 언어적인 부분이 미국인이나 해외 생활을 오래 한 한국인 인턴들과 차이가 났습니다. '내가 어떻게 이 기관에서 일하게 되었지?' 약간은 부끄러운 마음이 들었습니다. 퇴근 후에도 업무를 끝내려 매달렸지만, 자료를 찾지 못해 어려움을 겪기도 했습니다. 하루는 기관에서 열리는 행사를 준비하고 있었습니다. 영어로 하는 이야기를 계속 듣다 보니 이해하느라 뇌에 과부하가 걸렸던 모양이었습니다. 한 인턴이 제게 커튼을 가리키며 "Layer" 해달라고 했습니다.

인턴 A(나) : "Eh?"

인턴 B : "Layer!"

인턴 A(나) : "Eh???"

인턴 B : "Layer!!! 겹치라고 이렇게!!!"

답답했던 인턴은 안 쓰던 한국어까지 썼습니다. 저는 너무 당황한 나머지 또 얼어버렸습니다. 안 그래도 급한 상황에 미안하기도 하고 간단한 영어도 잘 알아듣지 못하는 제가 부끄러웠습니다.

다른 인턴들은 대학원 등에 재학하며 비교적 리서치 업무 등에 익숙했습니다. 극상의 영어 사용 환경 속 언어적인 한계에 이어 배경지식의 차이도 느껴졌습니다. '내가 회사에 피해를 주는 건 아닐까?' 하는 생각에 조금 부담이 되었습니다. 그래도 회사에서도 경험이 많지 않을 것을 감안하고 뽑은 '인턴'이고 '무급'이니 너무 부담 갖지 말고, 남은 인턴 생활을 잘 버텨보자며 자신을 스스로 잘 다독였습니다. 첫 회사 생활, 적응하는 데 시간은 좀 걸렸습니다. 하지만 점차 일에 익숙해지면서 인턴 생활에 조금씩 적응하였고 다른 인턴들의 도움으로 여러 의미 있는 일을 해 나가기 시작했습니다. 인턴으로 일하면서 했던 일들을 정리하면 대략 6가지 정도로 분류할 수 있을 것 같습니다.

1) 매일 한국 관련 주요 기사 정리
2) 주 1회 뉴스레터 기사 아이템 찾고 기사 작성
3) 관심 있는 주제에 대해 블로그 포스팅
4) DC 싱크탱크 이벤트, 콘퍼런스 참여 후 보고서 작성
5) 각종 리서치 보조 업무
6) 회사에서 진행하는 이벤트(6자 회담, 콘퍼런스 등) 참여 및 준비

출근하자마자 매일의 주요 기사를 정리하고, 일주일에 한 번씩 한국 관련 기사 아이템을 찾아 영문 기사를 작성했습니다. 한 주에 전체 구성원 회의, 기사 작성 아이템 회의, 기타 업무 회의가 있었습니다. 회의 준비에 상당한 시간이 들었습니다. 단순 정보전달을 위한 목적의 기사가 아니라, 특정 사건이 한국 사회의 모습이 어떻게 반영하는지 등을 담은 종합적인 기사를 작성해야 해서 자료 수집에도 공을 들였습니다.

회의 시간에는 항상 초긴장 상태였습니다. 준비한 내용을 발표하는 것에서 그치지 않고 추가 질의가 계속해서 이어졌기 때문입니다. 꼬리 질문에 대한 대답도 어느 정도는 준비했지만, 머릿속에 한국말은 맴도는데 도저히 영어가 술술 튀어나오질 않았습니다. 조금만 시간을 주시면 정리해서 바로 보내드리겠다고 했지만, 상사의 얼굴엔 실망한 표

정이 역력했습니다. 때로는 준비한 내용과는 별개인 간단한(?) 질문들에도 답해야 했습니다.

어느 날은 마이크 테스트한다고 회의실에 모여 수다를 떨다 트럼프의 경제정책에 대해서 어떻게 생각하냐는 질문을 받았습니다. '네? 트럼프의 경제정책에 대해 어떻게 생각하냐고요?' 머릿속이 하얘지다 못해 퍼레졌습니다. 구체적으로 어떤 정책인지라도 얘기해달라고 해야 했는데 어떤 식으로 말을 시작해야 할지 순간 굳어버렸습니다. 너무나 고맙게도 옆에서 다른 인턴들이 자기 생각들을 공유하며 대화를 이어나갔고 떠듬떠듬 열심히 대답하는 저를 도와주었습니다.

하루는 회의 후에 다른 인턴들과 얘기하다 한 인턴이 아쉬워하는 말투로 '네가 매번 찾아오는 기사 아이템에 감탄할 때가 많은데, 그걸 포장하는 법을 잘 모르는 것 같아'라며 피드백을 해주었습니다. 고마운 조언 덕에 제 부족함을 깨닫고 어려움이 있으면 다른 인턴들에게 도움을 청했습니다. 인턴들과 함께 일을 해 나가는 과정에서 함께 일하면 더 효율적으로 일할 수 있다는 깨달음을 얻었습니다.

게다가 일하면서 한국인이기 때문에 좋은 점도 있었습니다. 먼저, 한국에서는 많이 보도되지만, 미국에서는 이슈가 안 된 소식이나 국내 트렌드를 더욱 빠르게 파악할 수 있었습니다. 한국어 기사를 번역하거나 한국에서만 구할 수 있는 자료들도 번역할 수 있었습니다. 심지어는 1930년대 자료를 찾아야 하는 일도 있었는데 한자로 된 자료들도 열심히 번역해 긍정적인 피드백을 받았습니다. 일하면서 한국 정치를 전공

한 경험을 살려 관련된 글을 쓰고, 리서치에 활용하는 등 회사에 기여할 수 있는 제 강점을 찾아 나갔습니다. 심지어는 기관에서 진행하는 각종 이벤트에 한국인 내빈들도 오시곤 해서 한국어로 응대할 수 있는 직원도 필요했습니다. 한국과 연관이 깊은 기관에서 일했기 때문에 생길 수 있는 특별한 케이스였습니다.

또한 일하면서 영어뿐 아니라 적극적인 태도로 질문도 많이 하고 소통하는 것이 참 중요하다는 것을 몸소 체험했습니다. 한국이어도 마찬가지겠지만 인턴 생활 동안 더 적극적으로 건의하고 일을 찾아서 해야 한다는 것을 배웠습니다. 기관에서 주관하는 이벤트를 준비하고 진행하는 일도 중요한 업무 중 하나였습니다. 회사에서 '6자 회담 시뮬레이션'을 했던 것이 기억에 남습니다.

6개국 대표들은 한 테이블에 모여 평화선언, 북한 인권, 비핵화 단계 등의 주제에 대해 각각 6개 국가가 모두 동의하는 합의점을 찾아야 했습니다. 특정 합의점에 도달하게 되면 각국은 서로 다른 점수를 얻게 되는데, 어떤 국가에는 유리하지만, 어떤 국가에는 불리한 결정이 될 수 있기 때문에 합의를 이끄는 것이 쉽지 않았습니다. 회담 중에 북한 대표는 화가 난다며 회의장을 나갔습니다. 미국 대표는 아랑곳하지 않고 자국에 유리한 내용으로 협상하고자 했습니다. 이벤트에 직접 참여해 보니 왜 6자 회담을 통해 합의에 도달하기가 그토록 어려운 것인지를 실감할 수 있었던 재미있는 경험이었습니다.

또 하나 기억나는 행사는 '코리안 아메리칸 데이' 행사였습니다. 한국에서도 많은 귀빈이 참석하신다고 하여 수개월 전부터 자료를 수집하고 질문리스트를 만들며 준비하던 큰 행사였습니다. 소설 '파칭코'를 쓴 이민진(Minjin Lee) 작가님 등이 오신다고 해서 다들 들떠있었습니다. 행사가 시작되고 서울시장님이 행사장에 오셨습니다. 시장님이 한 사람씩 악수를 청하자, 한국인 인턴들은 악수하기 위해 일어났습니다. 그런데 미국인 인턴은 자리에 앉아서 한 손만 턱 내밀어 악수하는 것이었습니다. 하지만 미국인 인턴은 너무나도 여유로워 보였습니다. 저를 포함한 한국인 인턴들의 동공이 흔들리기 시작하고 신기한 눈으로 인턴을 쳐다봤습니다. '이게 아메리칸 스타일인가?' 싶었습니다. 신기한 문화차이를 뒤로하고, 정신없이 행사 진행을 보조하였습니다. 열심히 함께 준비한 이벤트를 성황리에 잘 마칠 수 있어 뿌듯했습니다.

함께 일하시는 스태프 분들께서도 회사 생활 전반에 대해 많이 가르쳐 주셨습니다. 상사는 연구 방법론이 익숙하지 않은 인턴을 위해 오리엔테이션을 해 주시기도 했습니다. 그 인턴은 누가 봐도 저였습니다. 상사는 오리엔테이션을 마치고 저를 콕 집어 "잘 적었지? 반영해서 바로 제출해"라고 하셨습니다.

기관에서 일하면서 기억에 남는 순간이 참 많았지만 의회나 다른 싱크탱크에서 하는 컨퍼런스에 자유롭게 참여할 수 있다는 것도 너무 좋았습니다. 꿈에 그리던 미국 인턴 생활의 한복판에 있는 기분이었습니다. 퇴근하고 집에 와서는 간단하게 밥을 해 먹고, 업무 관련 자료를 들여다보거나 영어 유튜브를 보면서 공부했습니다. 어학원에 다니면서 헬스장에 다니던 습관을 유지하고자 홈트레이닝까지 하고 나면 녹초가 되어 잠들곤 했습니다. 침대에 눕자마자 팅! 튕겨서 출근하고 또 퇴근하면 공부하고 홈트하고 침대에 쓰러지고 팅! 일어나서 출근하는 쳇바퀴 같은 생활을 반복했습니다. '이게 직장인의 삶이구나' 약간은 서글퍼졌습니다. 그래도 주말에는 하우스메이트들과 즐겁게 지냈습니다. 사실 처음에는 혼자 다니기 싫어서 하우스메이트들에게 같이 놀자고 졸랐습니다.

다행히 하우스메이트들은 다들 참 유쾌하고 좋은 친구들이었습니다. 과테말라에서 온 친구들이었는데 함께 박물관, 맛집 투어도 가고 명소들을 돌아다녔습니다. 하루는 과테말라의 현대 정치사를 얘기해 주었는데, 흥미로운 스토리에 집중해서 들었던 기억이 납니다. 꽤 자주 집에 왔었던 집주인과 수다 떠는 일도 재미있었습니다. 집주인은 저와 같은 정치외교학과를 졸업해 데이터 관련 일을 하고 있다고 했습니다. 정치학 전공만으로는 취업이 어렵다는 충고를 덧붙였습니다. 집에는 7개의 방이 있었는데 제 방뿐 아니라 어디엔가 문제가 생기면 오지라퍼 역할을 자처해 집주인과 소통하는 일을 도맡아 했습니다.

'COVID-19? Pandemic? CDC? 코로나? 바이러스?'

인턴 생활에 조금씩 적응하고, 이제 좀 워싱턴 D.C.에서의 생활을 즐기기 시작했는데, 한국에서 코로나 관련 뉴스가 보이기 시작했습니다. 뒤이어 바이러스가 미국에 상륙하면서 꿈같은 인턴 생활은 예상치 못한 방향으로 흘러갔습니다.

코로나 시기, 미국에서, 동양인으로 산다는 것
(부제: 코로나가 바꾼 미국 생활)

"참가자들은 항공편이 확보되는 즉시 귀국하시기를 바랍니다."

미국 전역에 코로나가 빠르게 확산하면서 많은 사람이 패닉에 빠졌습니다. 사람들은 마트에 있는 물품을 너도나도 사재기하기 시작했습니다. 휴지뿐만 아니라 카트에 생필품을 가득 담아 비상 상황을 대비하는 모습이었습니다. 초기에 대부분의 미국인은 마스크를 쓰고 다니지 않았습니다. 마스크를 쓰고 다니면 쓴 사람이 코로나에 걸렸다는 인식이 있는 듯했습니다. 이후 락다운(Lock-down, 봉쇄령)이 시작되어 인파가 모이는 곳마다 출입이 금지되었습니다. 중국 우한에서 코로나가 시작되었다는 이유로 동양인에 대한 차별도 심해졌습니다. 출근길에 어떤 흑인이 제 눈을 노려보다 제 발 앞에 침을 "퉤" 뱉었습니다. 누가 봐도 저를 향한 공격에 화가 났지만, 주위에 사람이 많지 않아 겁이 나 발걸음을 서둘렀습니다.

아무도 예상하지 못했던 바이러스의 확산으로 심지어는 무급인턴을 하고 있던 참가자들도 회사로부터 인턴십 종료 통보받아 비자 규정상 귀국해야 했습니다. 함께 지내던 하우스메이트들도 귀국하기로 했다고 이야기해 주었습니다. 저 또한 혹여나 회사로부터 인턴십 종료 통보받지는 않을까 걱정했습니다. 다행히 회사로부터 모든 인턴은 재택근무를 하게 될 예정이니 관련 시스템을 정비하라는 업무 지시를 받았습니다. 그런데 정부 기관에서 인턴십 참가자들에게 메일이 도착했습니다. "교육부 및 국립국제교육원은 미국 코로나 상황의 심각성, 인턴 활동 사실상 곤란, 감염 시 의료시설 접근 제한 등 고려, 여러분의 안전을 최우선시하여 프로그램 전면 중단 및 참가자 전원 귀국 조치 결정을 내렸습니다. 예외적으로 현지 체류가 가능한 경우는 안전 확보에 관한 소명이 가능하고, 현지 주재원, 중개 기관(스폰서)의 확인이 있는 경우만 해당합니다. 참가자들은 항공편이 확보되는 즉시 귀국하시기를 바랍니다."

전례 없는 상황 속 정부 기관의 결정을 이해 못 하는 것은 아니었습니다. 하지만 이대로 인턴십을 종료하고 귀국하기에는 너무나도 아쉬움이 컸습니다. 회사 측에서 재택근무로 전환하도록 해 업무를 수행할 수 있는 상황이었고, 집 보증금 문제도 있었습니다. 인턴십 기간을 학점으로 인정받아 졸업하려던 계획이 틀어지는 것도 부담이었습니다. 참가자들의 항의가 빗발치자, 정부 기관에서는 추가 안내를 통해 귀국을 희망하지 않는 참가자는 미귀국 사유서를 제출하고 미국에 체류할 수 있도록 했습니다. '정부의 귀국 요청에도 불구하고' 귀국하지 않겠다는 사유서까지 썼으니, 코로나에 걸리면 정말 끝장이었습니다.

재택근무로 전환되면서 사실 처음엔 적잖은 충격을 받았습니다. 업무 진행에 혼란이 있을 것이라는 예상과는 달리, 회사는 급변하는 상황에 너무나도 빠르게 적응하고 있었습니다. 이미 재택근무, 화상 회의, 화상 세미나 진행이 가능한 시스템이 다 갖춰져 있었지만, 코로나가 이를 한참 앞당기면서 순식간에 전 세계의 사람들이 시공간의 제약을 넘어 연결되었습니다. 기관에서 진행하던 오프라인 행사도 전부 온라인으로 바뀌었습니다. 오히려 온라인으로 세미나를 하게 되니 워싱턴 D.C.에 살지 않는 사람들도 참여할 수 있어 확장성면에서는 온라인 진행이 유리했습니다. 직접 가지 않고도 한국 국내 정치, 한미 에너지 협력, 북한의 정치 경제 트렌드, 한일 관계 등을 주제로 한 많은 이벤트에 참여할 수 있었습니다. 회의 때도 상의는 셔츠, 하의는 잠옷을 입고 회의에 참석하는 게 편하기도 했습니다. 저는 다른 기관들이 어떤 행사를 진행하는지, SNS 운영은 어떻게 하는지 찾아보면서 회의 시간에 더욱 적극적인 SNS 활용을 건의하였습니다.

코로나 이후 오히려 기관에는 일이 쏟아졌습니다. 한국의 발 빠른 코로나 대응, 드라이브 스루 검사 시스템, 코로나 상황 속에서도 선거를 치르는 모습 등이 주목받으면서 인터뷰 및 자료 요청이 쇄도했습니다. 한국의 영화, 게임 산업, K-POP 등 문화예술 분야에 관한 관심도 더욱 높아졌습니다. 이러한 가운데 코로나 상황에서 치르는 한국의 선거와 코로나바이러스 대응 관련 글을 기고해 효율적인 행정 시스템, 협조적인 국민성 등을 알리고자 했습니다. 이 외에도 각종 리서치에 필요한 통계자료를 업데이트하고 자료를 번역하는 등 일복이 터져 온종일 일에 매달렸습니다.

그런데 단점이라고 할만한 것들도 있었습니다. 집이 회사고 회사가 집인 것 같은 기분에 일이 끝나도 끝난 것 같지 않았습니다. 그리고 온라인으로 일하니 일을 한 티가 잘 안 나는 것 같았습니다. 예를 들면 데이터를 찾다가 못 찾으면 일을 안 한 것처럼 보이는 것 같아 업무 성과를 내기 위해 더 많은 시간을 투자했습니다. 그리고 한 스태프분이 출산을 앞두고 회사에서 축하 파티하기로 했는데 코로나 때문에 오프라인에서 모일 수가 없었습니다. 결국 CEO께서 가수를 섭외하셔서 ZOOM으로 공연을 보는 색다른 경험을 했습니다. ZOOM 캡처 사진이 단체 사진이 되었지만 이렇게라도 모여서 축하할 수 있어 좋았습니다.

재택근무로 더 많은 리서치, 글쓰기 업무를 하게 되면서 내심 영작 실력이 아주 부족하다고 느꼈는데 역시 같은 생각을 하고 계셨던(!) 상사께서 어느 날 연락이 왔습니다.

"이거 쓰는 데 시간 얼마나 걸렸어?"
"1시간이요."
"10분을 줘도 이것보단 잘 쓰겠다. 네가 뭐가 문제인지 리포트로 제출해."

허겁지겁 상사에게 리포트인지 반성문인지 분간이 안 되는 문서를 보냈습니다. 이후 매일 미국 주요 언론의 기사를 요약해 제출하라는 과제를 내주셨습니다. 요약하고 나면 피드백을 매일 주셨고, 일만 하시기에도 바쁜 와중에 제 요약을 오류가 없을 때까지 계속 첨삭해 주셨습니다. 최대 하루에 10번을 해주신 날도 있었습니다. 저도 번거로움을 드리지 않도록 실수를 줄이고자 했고 나중에는 추가 수정 없이 통과하는 날이 많아졌습니다. 다른 인턴들과 기자들이 쓴 글을 읽으면서 어휘나 표현 방식을 많이 배울 수 있었습니다. 업무 외 시간에는 유튜브를 보면서 표현을 익히고, 카톡에서 나누는 한국어 대화들을 영어로 번역하면서 부족한 실력을 보완하고자 했습니다.

코로나 상황 속 자유로운 외출도 어려워지고 집에만 있는 일상이 계속되면서 가끔은 답답한 마음이 들었습니다. 미국에까지 와서! 유튜브로! 그토록 가고 싶었던 그랜드 캐니언 영상을 보는데 정말 울화통이 터졌습니다. 코로나만 아니었다면!

업무 중 부담되는 상황이 있을 때나 기분이 울적할 땐 요리를 하면 기분이 좀 나아졌습니다. 미국 생활이 길어질수록 한국 음식이 그리워졌습니다. 그래서 김밥도 싸 먹고 전도 부쳐 먹고 가끔은 갈비찜도 해 먹으면서 스트레스를 풀었습니다. 그리고 미국에 오기 전 OOO협의회에서 펀딩을 도와주셨는데 감사한 마음에 제 전반적 생활이나 고민을 월마다 메일로 보냈습니다. 매달의 생활을 글로 정리하면서 생활을 반성할 수 있는 좋은 시간이 되었습니다.

제가 인턴십을 하며 업무 태도나 작문 실력에 변화가 있었던 것처럼, 미국 사회에도 크고 작은 변화가 있었습니다. 너무 많지만 유독 기억에 남는 두 가지가 있다면 '흑인의 생명도 소중하다(Black Lives Matter)' 시위와, 바이오루미네센스(Bioluminescence, 생물발광)를 꼽을 수 있을 것 같습니다. '흑인의 생명도 소중하다'라는 시위는 당시 경찰관에게 체포당하는 과정에서 흑인 플로이드가 사망하면서 촉발된 시위였습니다. 한국과 달리 미국의 경찰 권력은 어마어마하다고 알고 있었는데 때로는 이런 과잉 진압 논란이 제기되는 사건들도 있었습니다. 진압 영상이 SNS를 통해 광범위하게 확산하고 시민들의 거센 항의가 계속되었습니다. 시위가 격화되어 시위대는 가게 창문을 부수고, 물건들을 약탈하고, 은행 등의 건물을 불태우기도 했습니다. 혼란스러운 상황이 이어져 한동안 상황을 예의주시했습니다.

한국에서 보던 시위와는 또 다른 방식이라 놀랐고 약탈하는 모습의 보도들을 보며 '이게 맞나?' 싶은 생각도 들었습니다. 미국에 잠시나마 사는 '비주류' 동양인으로서 참 이런저런 생각이 들었습니다. 코로나 시기 바이러스만큼이나 미국 사회에 넓게 퍼졌던 아시안 혐오와 이들을 향한 증오 범죄(Hate Crime)들을 보며 참 안타깝고 씁쓸한 마음이 들었습니다.

코로나로 락다운(Lock-down, 봉쇄령)이 이어지면서 사람들의 해변 출입이 통제된 사이 바다가 푸른빛으로 변했다는 기사를 접했습니다. 유기 생물들이 스스로 빛을 내는 '바이오루미네센스'라는 것을 알게 되었습니다. 반짝거리는 플랑크톤들이 사람들이 없는 틈을 타 휴가를 즐기러 온 듯했습니다. 파도가 칠 때마다 푸른빛이 찬란하게 퍼져나가는 모습이 그야말로 장관이었습니다. 해변 근처는 출입이 통제되어 멀찍이서 빛나는 바다를 넋 놓고 바라보곤 했습니다. 인턴십이 종료되는 날이 하루하루 가까워지면서, 아쉬운 마음에 더 빨빨거리며 밤바다를 보러 다녔습니다.

드디어 8개월가량의 인턴 생활이 끝났습니다. 일하면서는 업무에 대한 부담이 크기도 했는데, 막상 인턴십이 끝나니 어딘가 허전한 마음이 들었습니다. 더욱 적극적인 태도로 임해야 한다는 것, 자신감 있게 생각을 표현해야 한다는 것, 그에 맞는 실력이 뒷받침되어야 한다는 것을 배운 소중한 경험이었습니다. 인턴십을 마치면서 모든 스태프에게 단체 메일을 보냈습니다.

안녕하세요. 여러분!

오늘은 제 인턴십 마지막 날입니다.

시간이 참 빠르네요. 너무나 많은 것을 배울 수 있었고,

제가 더욱 나은 직원이 될 수 있도록 가르쳐 주셔서 감사드립니다.

인턴십을 돌아보니 워싱턴 D.C. 에서 열리는 30개 이상의 행사에 참석할 수 있었고, 20개의 기사를 썼으며, 기관에 3개의 한국 관련 글을 기고했습니다.

많은 리서치를 도울 수 있었던 것 또한 영광이었습니다. (중략) 솔직히 말씀드리면, 인턴십을 하기 전 영어 말하기와 글 쓰는 것이 걱정도 되었습니다. 가끔은 주눅이 들 때도 있었지만 많은 스태프와 인턴들이 더 나은 결과물을 낼 수 있도록 제게 용기를 주었습니다.

업무 중 받았던 피드백도 많은 도움이 되었습니다.

제가 여기에서 일하게 된 것은 정말 큰 행운이었고,

여기에서 경험은 향후 제 인생에도 큰 도움이 되리라 확신합니다.

정부 프로그램을 통해 미국에서 일한다는 것은 미국에 올 형편이 안 되었던 제겐 항상 꿈같은 일로 여겨지곤 했습니다.

이제 현실로 돌아가지만, 저는 나중에 생겨날 많은 어려움을 극복하려고 할 때마다 이 인턴십 경험을 회상하지 않을까 싶습니다.

모두 건강하게 지내시기를 바랍니다!

진심을 담아,

OOO

CEO였던 캐슬린 스티븐스(Kathleen Stephens) 전 주한 미 대사의 답장을 받아 기뻤습니다.

Dear OO,

친애하는 OO 씨,

I am very touched by your letter,

and glad to know that you found your

intern experience a useful and valuable one. It is because

you brought much effort and sincerity to it.

당신의 편지에 감동하였습니다. 당신이 인턴 경험을 유익하고

가치 있는 것으로 느끼셨다는 것을 알게 되어 기쁘게 생각합니다.

이는 당신이 그 경험에 큰 노력과 진정성을 기울였기 때문입니다.

This will serve you well in the future.

이는 앞으로 당신에게 큰 도움이 될 것입니다.

I wish you all the best,

Kathleen Stephens

항상 좋은 일만 있기를 기원하며,

캐슬린 스티븐스

미국 생활을 돌이켜보니 집을 잘 구할 수 있는지, 인턴십 배치가 언제 되는지, 인턴십은 유급인지 무급인지, 어떠한 회사를 만나는지, 경제적 상황이 어떠한지, 질병, 기타 등 짧은 기간 동안 참 많은 변수가 있었습니다. 여건이 된다면 계속해서 구직하고 싶은 생각도 있었는데, 코로나 상황이 장기화하였고 어떤 일을 해야 할지도 불명확한 상태였습니다. 귀국을 결정하면서 다시는 오지 않을 것만 같은, 인생의 황금기라 여겨지는 미국 생활을 마쳤습니다.

건강한 모습으로 귀국해 2주 동안 자가격리 기간을 가졌습니다. '이제 어딜 가서 뭘 해야 할까?'라는 고민에 빠졌습니다. 하루하루 불안하고 마음이 급해졌습니다.

고시원 생활 : 견딜만한 지옥

"야! 너 뭐야#%$#W&#!!"

미국 인턴 생활을 마치고 귀국 후 대학을 졸업했습니다. 미루고 미루던 취업 준비를 시작해야 했습니다. 뭘 하면 좋을지 진로를 고민하다 일단 뭐라도 배우면서 생각해 보기로 했습니다. 그러면서 강남에서 가장 저렴한 고시원을 구했습니다. 지금 생각하면 월세방을 구해야 하는데, 당시에는 보증금이 부담되어 월세방을 구해야겠다는 생각을 못 했습니다.

한 가지 실수한 것은, 고시원을 보지도 않고 짐부터 옮기는 바람에 아래층에 식당이 있는지 파악하지 못했다는 것입니다. 이전에도 다른 고시원에서 지낼 때 식당 위층에 있어 여름엔 시도 때도 없이 벌레를 잡았습니다. 이번에 들어온 곳도 벌레가 많이 꼬일 것은 분명했지만, 뭔가 심상치 않은 기운을 함께 느꼈습니다. 첫날부터 어두컴컴한 고시원 복도에서 한 할머니를 마주쳤는데 "야! 너 뭐야#%$#W&#!!" 쌍욕을 하며 지나가는 모습을 보고 아주 까무러치게 놀랐습니다. 할머니에게서는 술 냄새가 풀풀 났습니다. 험난한 고시원 생활기를 다룬 웹툰 '타인은 지옥이다'를 연상케 했습니다.

보통 다른 고시원들과 비교하면 방과 방이 서로 다 붙어있다 보니 방음이 되지 않아 매우 조용히 하는 경우가 대부분인데, 여기는 그냥 대화하고 통화하는 소리까지 다 들렸습니다. 그렇다고 밤늦게까지 통화하거나 장시간 통화하는 사람은 없어서 지낼만하겠다 싶었습니다. 종종 젊은 원장님이 고시원에 오셔서 김치와 쌀을 가져다 놓으셨습니다.

고시원은 여자 층과 남자 층으로 구분되어 있었는데 여자 층 복도에서 팬티 바람으로 지나다니는 남자분을 종종 목격하기도 해 당황했습니다. 고시원에 몇 번 살면서 주방에 대해서는 전혀 기대를 안 하긴 했지만 여러 명이 쓰는 주방은 정말 깨끗하기 쉽지 않았습니다. 그래도 고시원에서 김치와 밥을 제공해 주니 밥을 해 먹기로 했습니다. 김치로 할 수 있는 김치볶음밥, 김치 참치 볶음, 김치찌개, 김치 두루치기, 김치전, 김치 비빔국수, 김치 어묵국 등등 해 먹을 게 참 많았습니다. '요리 유튜버가 되어볼까?'하는 생각에 요리하는 영상을 찍어보기도 했습니다. 차마 주방의 위생 상태를 공개할 수 없어 망설이다 흐지부지되었습니다.

어떤 상황에서도 잘 적응할 수 있다고 생각했는데, 지낸 지 얼마 되지 않아 양팔을 벌리면 양 벽에 닿는 이 고시원 방에서 얼마나 버틸 수 있을까 하는 답답한 마음이 들었습니다. '그렇지만 뭐 별 수 있나?' 싶어 스트레스를 해소할 공간을 찾기로 했습니다. 근처 헬스장에 등록해 운동하고 씻으면서 우울한 기분을 덜고자 했습니다. 코로나 집합 금지로 인해 헬스장이 문을 닫으면서 그마저도 어려워졌습니다.

그래도 대개는 평범한 일상을 보냈습니다. 방 크기가 작아 청소가 10분도 안 되어 끝나는 것은 큰 장점이었습니다. 고시원 사는 다른 분들과도 가끔 교류했습니다. 필리핀에서 온 아저씨와는 주방에서, 중국인 아주머니와는 번역기를 써가며 종종 대화했습니다. 생활한 지 얼마 지나지 않아 다른 방 아주머니와 우연히 친해졌습니다. 핸드폰 사용하는 게 어렵다고 하셔서 가르쳐드리기도 하고 가끔은 이야기도 나눴습니다. 같이 사시는 분들은 대체로 정이 많으셨습니다. 가끔 김밥을 사주시기도 하고 치킨도 나누어 먹었습니다.

어느 날은 아주머니가 방에 바퀴벌레약을 뿌려주셨습니다. 다른 고시원에서 살 때, 자려고 딱 불을 끄면 온몸에 바퀴벌레가 기어다녀서 밤잠을 많이 설쳤던 기억이 있습니다. 외로운 고시원 생활이지만 소소한 일상에서 위로를 얻을 수 있어 그나마 다행이었습니다. 가끔은 경찰관분들이 와서 '이 사람 본 적 있냐, 여기 사는 사람인 것 같냐?' 물은 적도 있었습니다. 그리고 어느 날은, 옆 방 사람이 교도소에 가게 되었다는 이야기를 들었습니다. 원장님께서 그분 짐을 처분한다고 필요한 것이 있으면 가져가라고 하셨습니다. 작은 고시원 방에서 플리마켓이 열렸습니다. 방에 들어간 순간! 이 코인노래방만 한 작은 공간에 이렇게 많은 옷가지와 각종 살림이 들어갈 수 있다는 것에 너무 놀랐습니다. 도대체 잠은 어디서 잤을까 싶었습니다. 게다가 빨간 속옷이 대체 몇 개인지, 하이힐이며 각종 장신구에 옷들을 보며 눈이 휘둥그레졌습니다. 이렇게 많은 것을 가지고 있음에도 절도라니 '인간의 욕심은 정말 끝이 없는 걸까?' 생각했던, 참 기억에 남는 일이었습니다. 덕분에 살림에 약간 보태기도 했습니다.

하지만 밥을 해먹다 보니, 냉장고에 식재료를 보관하는 것도 여간 불편한 일이 아니었습니다. 방 냉장고에 자리가 없어 가끔 식재료를 공용 냉장고에 잠깐 두면 금방 없어졌습니다. 소분해 놓은 양파, 파도 하루면 없어지고 갈비 만두도 자취를 감췄습니다. 그래서 장을 보고 오면 방 작은 냉장고에 어떻게든 욱여넣었습니다.

하루는 반찬통 설거지해두고 잠깐 건조해 두었는데, 없어졌습니다. 얼마 지나지 않아 자주 얘기하던 아주머니 방에 갔는데 어디서 많이 보던 반찬통이 있었습니다. 그냥 선물로 드리기로 했습니다. 어느 날은 고시원에서 주는 공용 김치 말고 따로 김치를 사다가 반찬통에 담아두었는데, 반이 볶음김치로 바뀌어있었습니다. '사람들은 공용 냉장고 안에 있는 음식은 자유롭게 꺼내 먹어도 된다고 생각한 건가?' 싶었습니다. 그래도 볶음김치는 누가 볶았는지 맛있어서 홀랑 다 먹어버렸습니다.

눈앞에 놓인 고시원 방, 하루이틀도 아니고 몇 개월을 살아도 적응이 잘되지 않았습니다. 딱 견딜만한 지옥에 있는 기분이었습니다. 처음에는 최대한 밖에서 생활하고 잠만 자려고 했는데, 코로나 시국이 길어지며 방 안에 있는 시간이 점점 길어졌습니다. 답답한 마음이 커져 SH 임대주택을 신청했습니다. 예산에 맞춰 한 집을 보러 갔습니다. 아무래도 예산이 적다 보니 교통이 굉장히 불편한 곳이기도 했고, 화장실까지 다 합쳐서 4.5평이 안 되는 곳이었습니다. 고시원과 계속 고민하다 결국 다시 견딜만한 지옥을 택했습니다. 견딜만한 지옥은 참 무섭습니다. 견딜 수 없다면 어떻게 해서든 빠져나오려 했을 텐데. 계속된 취업 실패, 경제적 어려움, 인간관계의 단절 등이 코로나 상황으로 인해 장기화하면서 서서히 무기력 속에 스며드는 줄도 모르고 하루하루를 보냈습니다. 25살, 누군가는 참 예쁜 나이라는데 좁디좁은 답답한 방 속에서 아등바등했던, 고시원 산다는 사실을 어디 가나 숨기고 싶었던, 미래에 대한 불안감과 과거에 대한 후회, 자책으로 가득했던 저의 지난 날들이 떠오릅니다.

이게 최선이라고,

힘들어도 어떻게든 버텨내라고,

미국에서처럼 돈 아끼려고 위험한 곳에서 사는 것보단 불편하게

지내는 게 낫지 않냐고,

자꾸 채근하기만 했던 저 자신에게 미안하기도 합니다. 불행인지
다행인지 견딜만한 지옥엔 곧 도저히 견딜 수 없는 일들이 생겨났습니
다.

고시원 탈출 : 견딜 수 없는 지옥

"이 정도면 피부에 물만 닿아도 아플 것 같은데, 안 아프셨어요?"

고시원에서 지낸 지 3개월… 6개월… 어느새 9개월이 지나고 있었습니다. 시간이 빠르게 도망가는 듯 느껴졌습니다. 코로나 상황은 언제 끝날지 불투명했고, 취업도 언제쯤 할 수 있을지 자신이 없었습니다.

일자리는 서울에 몰려있으니, 고시원을 떠나지도 못하고 불확실성만 커졌습니다. 지내면 지낼수록 방의 크기만큼 생각도 근시안적으로 변하고 있었습니다. 끊임없이 비관적인 생각들이 피어올랐고, 취업과 관련해서도 후회되는 결정들을 하기 일쑤였습니다. 취업을 위한 시험 준비하면서, 틈틈이 배달하며 답답한 마음을 이겨내 보기도 했습니다. 큰 가방을 메고 돌아다니며 중간중간 쉴 땐 강남 일대에 만개한 벚꽃을 보면서 힐링하는 날도 있었습니다. 용돈도 벌면서 운동 삼아 배달하니 참 좋았습니다. 그런데 비가 오는 날에는 한 건만 배달해도 진이 빠져 왜 배달비가 비싼지 확 체감되었습니다.

바빠 보이는 매장에서 커피 포장을 도와드리며 커피 한 잔 얻어먹기도 하고 평소 구경 못 해본 강남의 비싼 아파트를 구경해 본 일도 참 재미있었습니다. 당시 한창 집값이 폭등하던 때라 '이렇게 좋은 곳에 살아볼 수 있으려나'하는 부러운 마음도 약간은 들곤 했습니다.
하루는 주방에서 밥을 먹고 있는데, 자주 이야기를 나누던 아주머니가 옆에 앉으셨습니다. 고시원 사람들이 코로나 때문에 일을 구하기가 어렵다고 이야기하시면서 나이도 많고 한글도 잘 못 읽어서 더 일을 구하기가 힘들다고 하셨습니다. 젊은 저도 구직이 어려운 상황이었으니

남 일 같지 않았습니다. 술을 자주 드시던 할머니가 이사한다는 소식도 함께 전해주시길래 제가 물었습니다.

"아주머니도 이사하셔야죠, 언제까지 여기서 있으시려고."
"나는 평생 여기서 살아야지."

참 마음이 편치 않았습니다. 제가 해드릴 수 있는 게 없다는 게, '평생 여기서 살아야 한다'라는 그 말이 현실이 될까 싶어 속상하기도 했습니다. 아주머니 방에 종종 갔을 때 봤던 수많은 요금 청구서가 불현듯 떠올랐습니다. 아주머니가 방세도 밀리고 있다는 이야기를 들었고, 당시 저나 아주머니나 수입이 거의 없어 상황이 당장 개선되기는 어려워 보였습니다. 게다가 옆방 거주자의 괴롭힘까지 시작되었습니다. 평소 방과 방 사이가 붙어있다 보니 옆방 거주자의 목소리며 통화하는 소리를 종종 듣곤 했습니다. 말투가 약간은 어눌하다는 생각은 들었는데 크게 신경 쓰지는 않았습니다. 그리고 옆방 사람이 밤에 종종 "악!!"하고 소리를 내지르곤 했는데 대체 왜 그러는지 그 이유는 몰랐습니다.

그런데 어느 날부터 밤마다 옆 방에서 제 방에 뭔가를 쿵쿵 던지는 듯 거슬리는 소리가 나서 도저히 깊은 잠이 들 수가 없었습니다. 게다가 아침에 분주하게 나갈 준비를 하는 와중에 몇 번이나 제 방문을 벌컥 열고 저를 노려보았습니다. 간담이 서늘해 곧바로 고시원 원장님께 도움을 요청했습니다. 그런데 원장님과 함께 밥을 먹으며 당혹스러운 이야기를 들었습니다.

"사실 그분이 성범죄 피해를 보셔서 정신적으로 문제가 생기셨는데, OO 씨(나)에게 피해를 봤다고 생각하고 있는 것 같더라고요."

환각이 보이는 분과 이야기한다고 해결될 문제가 아니었습니다. 가뜩이나 구직도 빈번히 실패하고 시험 점수도 잘 오르지 않아 속상한데 집에서까지 편하게 쉴 수 없으니, 피로가 점점 누적되었습니다. 결국 답답한 마음이 터져 당시 쓰던 블로그에 싸이월드 일기장처럼 속상한 마음을 구구절절 써 올렸습니다. 고맙게도 친구들이 힘든 시기 정말 큰 힘이 되었습니다. 친구가 밥이나 같이 먹자며 찾아왔는데, 만나자마자 꽃다발을 건넸습니다. 평소 꽃은 '실용적이지 못한 선물'이라 생각했는데, 막상 꽃을 받으니 특별한 사람이 된 듯 기분이 몽글몽글해졌습니다. 친구로부터 진심이 담긴 위로를 받으며 답답한 마음이 사르르 풀리는 듯했습니다. 멀리서나마 다른 친구도 평생 잊지 못할 응원 메시지를 보내주었습니다.

"너는 근데 단단한 애라,
다른 사람들은 꽃으로 비유하지만
난 너 나무 같아.

원래 나무가 꽃보다 크고 단단하잖아.
그리고 피면 진짜 모든 사람한테 도움이 되는 존재잖아.

다른 애들한테는 내가
너의 꽃 피는 시기가 올 거라고 하는데

너는 진짜 다른 애들이랑 달라.
엄청 멋진 나무가 될 거야."

결국 고시원 원장님과 상의 후 방을 옮기기로 했습니다. 그런데 새로운 방에는 또 다른 차원의 어려움이 있었습니다. 이사를 하고 청소하는데 바퀴벌레알과 분비물이 곳곳에 보였습니다. 이 전에 살던 고시원에서도 바퀴벌레가 불을 끄면 몸을 타고 기어다녀 힘들었던 기억이 있어 불안한 마음이 들었습니다. 그날 밤, 아니나 다를까 불을 끄니 바퀴벌레 두세 마리가 몸을 기어다니기 시작했습니다. 그러다 바퀴벌레가 얼굴을 타고 올라오는데, 온몸에 소름이 끼쳤습니다. 혹여나 벌레가 귀에 들어갈까 잠을 이루지 못했습니다. 생활의 불편함과 미래에 대한 막막함, 왜 또다시 같은 불행이 반복되는지 반추하는 과정에서 생겨난 절망감이 함께 뒤엉켰습니다. 잠을 계속 설치고 도저히 생활이 힘들어 고시원 근처에 살던 아는 언니에게 도움을 요청했습니다. 고맙게도 언니가 집에서 며칠 지낼 수 있게 해 주어서 잠시나마 바퀴벌레 없는 청정지역에서 머물 수 있었습니다.

그리고 친한 친구에게 겸사겸사 안부 연락하면서 요즘 이런 어려움이 있다는 이야기를 꺼냈습니다. 친구는 "그런 곳에서 어떻게 살아!" 기겁하며 고시원으로 텐트를 보내주었습니다. 덕분에 텐트 안에서라도 벌레 걱정 없이 깊은 잠이 들 수 있었습니다. 결정적으로는 한 친구의 도움으로 숙대 근처에 있는 하숙집으로 이사했습니다. 마침 친구가 그 근처에서 일하고 있기도 했고, 하숙집에서 밥도 제공해 주니 몇 개월 동안 지내기에 괜찮을 것 같았습니다. 친구가 적극적으로 이곳저곳 알아보고 도와준 덕에 빨리 이사를 할 수 있었습니다. 이사를 많이 다니다 보니 강제 미니멀리스트가 되어서 지하철로 세 번 왔다 갔다 하며 짐을 옮기고 나니 이사가 끝났습니다. 막상 마음을 먹으니, 순식간에 환경이 바뀌었습니다. 고시원은 참 열악했지만 지내는 동안 나가는 날까지도 고시원 원장님이 참 많이 챙겨주신 기억이 납니다. 그렇게 1년 2개월가량의 고시원 생활을 마무리했습니다.

살면서 총 3번의 고시원 생활, 생활했던 기간을 합치면 2년가량을 살았습니다. 코로나로 집에 머무르는 시간이 길어지면서 주거 환경이 사람에게 정말 큰 영향을 끼친다는 사실을 깨달았습니다. 고시원 생활이 예산에 맞춰 선택한 최선이라는 생각에 버텨보았지만 그럼에도 참 열악하다는 사실은 변하지 않았습니다. 고시원 생활 후 하나 얻은 것이 있다면 바로 피부병이었습니다. 원래도 민감성 피부를 가지고 있었는데 피부가 심하게 가렵고 진물이 나기 시작했습니다. 피부과를 찾아갔더니 의사 선생님이 깜짝 놀라시면서 "이 정도면 피부에 물만 닿아도 아플 것 같은데, 안 아프셨어요?"라는 말을 들었습니다. 피부염이 상당히 악화가 된 상황이었는데도, 자신을 잘 챙기지 못했던 것 같아 후회되었습니다.

살면서 가장 행복했던 순간을 뽑는다면 고시원을 나와 하숙집으로 이사한 순간을 꼽을 수 있을 것 같습니다. 가장 행복한 순간이면서도 미래에 대해 막막함과 외로움이 가득했던 순간이었습니다. 그렇게 1년… 2년… 변변한 일자리를 구하지 못한 채, 하염없이 시간이 흘렀습니다.

백수 1년 차, 이것저것 하다 이도 저도 안 된

"마약 중독이 아닌 게 어디예요."

저는 졸업 후 아르바이트가 아닌 첫 직장에 취업을 하기까지 약 3년이라는 시간이 걸렸습니다. 1) 취업 준비도 하고, 2) 취업에 실패하면서 좌절도 하고, 3) 아르바이트도 하다 보니 3년이나 지나있었습니다. 3년이라는 짧지 않은 시간 동안 하나만 팠어도 뭐라도 되었을 텐데, 돌이켜보니 참 많이도 방황했던 것 같습니다. 더 필사적이었어야 했는데, 코로나 이후 무기력의 늪에서 허우적거리던 저의 3년을 이야기해 보고자 합니다. 돌이켜보니 나태했던 모습들도 참 많아 부끄러웠습니다. 하지만 기억이 아닌 당시 썼던 수많은 일기 속에 담긴 기록에 의존하며 글을 써 봅니다.

졸업 후 무작정 취업을 준비한다며 일자리 많은 서울로 올라갔습니다. 막상 고시원에 이사하고 진로를 고민하려니 상황이 참 갑갑했습니다. 학교 기숙사에 살 때 3, 4학년 언니들이 정신없이 취업을 준비하던 모습이 스쳐 지나갔습니다. 계획 없이 시간을 보내며 졸업을 맞이한 결과는 처참했습니다. 준비된 것이 아무것도 없었습니다. 분명히 대학 생활 동안 놀기만 한 건 아니었는데. 대학 생활을 통해 진로 관련 대외활동, 자격증, 직무 경험을 쌓은 사람들을 보니 저 자신이 정말 초라해 보였습니다.

진로에 대해서 충분히 고민하지 않은 것이 부메랑으로 다가와 마음이 조급해졌지만, 막상 뭘 해야 할지 몰라 불안하기만 하니 조금 천천히 진로를 탐색하기로 했습니다.

졸업하면 당연히 다들 취업하는 줄 알았는데 취업, 진학, 창업 등의 다양한 길이 있다는 것을 알게 되었습니다. 대학원에 진학하면 공백기를 줄일 수는 있었지만, 연구나 공부에 뜻이 없어 진학은 생각하지 않기로 했습니다. 창업도 마땅한 아이템이 생각나지 않아 일단 취업을 알아보았습니다. 공기업, 사기업 등으로 범위를 좁혀보는데, 기존에 인턴을 했던 싱크탱크는 공공기관에 가까워 시험을 준비해야 하고, 사기업은 채용설명회를 몇 번 가보니 직무를 고르기가 어려웠습니다. 그나마 가까운 것이 글로벌 무역 분야였는데 영 자신이 없었습니다. 그러다 제가 대학에 다니면서 데이터 시각화에 관심이 있었다는 사실을 문득 떠올렸습니다.

데이터분석 시각화 과정을 찾아보니 5개월 국비교육 과정이 있었습니다. 들으면서 관련 기업에 취업하면 좋겠다 싶어 야심 차게 학원에 등록했습니다. 그런데 생각보다 코딩을 너무 못했습니다. 적어도 확실히 적성에 맞지 않는다는 것은 알 수 있었습니다. 수업을 따라가는 것 자체도 너무 버거웠고 이대로 가다간 과정을 수료하고도 취업을 못 하는 상태가 지속될 것 같아 불안했습니다. 그럼에도 계속 코딩하며 에러가 계속 나자, 유튜브로 도피하곤 했습니다. 공부해야 하는 걸 아는데 유튜브만 보다니! 도저히 안 되겠다 싶어 찾아간 곳은 정신과였습니다.

의사 선생님께서 간단히 제 성장배경을 듣고 싶어 하셔서 제 상황과 고민을 이야기했습니다.

"선생님, 저 유튜브 중독인 것 같아요."

"마약 중독이 아닌 게 어디예요."

"네?(웃음)"

"본인에게 주어진 환경 안에서 나름대로 열심히 살았잖아요.

보고 싶은 것도 좀 보고 그래요."

유머 감각 있으신 의사 선생님께서 격려해 주신 덕에 마음을 다잡고 수업을 열심히 따라가려 애썼습니다. 하지만 그 마음도 그리 오래가지는 못했습니다. 겨우 데이터분석 과정은 마무리했지만, 관련 기업에 취업하기에는 실력이 턱없이 부족했습니다.

'내가 그동안 해 온 것들은 일반 기업에서 요구하는 능력과는 거리가 멀구나' 싶어 자책도 많이 했습니다. 몇 번 지원하고 탈락하자 '포기할 거면 빨리 포기해야 하지 않을까?'하는 생각이 솟아올랐습니다. 그렇다고 포기를 하자니 다시 원점으로 돌아간다는 생각에 '뭘 해야 하지?' 막막해졌습니다. 평일에 학원을 다니다 과정을 수료하고 나니 점점 루틴이 무너지기 시작했습니다. 혼자 힘으로 하려니 잘되지 않았는데, 우연히 한 유튜버분이 운영하는 자기 계발 단톡방에 들어갔습니다. 단톡방에 영어 공부한 것을 인증하기도 하고, 달력에 스티커도 붙여가면서 무너진 루틴을 회복하려고 했습니다. 얼굴도 모르는 사람들이 서로를 응원해 주는 따뜻한 분위기 속에서 참 많은 힘을 얻었습니다.

운동도 하고, 일기를 쓰며 생활 반성도 하다 보니 조금씩 에너지가 생겼습니다. 이대로 멈춰있기 싫은, 뭔가 해야겠다는 생각이 강하게 들었습니다.

주위를 둘러보니 사기업 취업, 전문직 도전, 소규모 창업 등 문과를 졸업한 친구들이 택하는 진로가 다양했습니다. 그중에서 공무원이나 공공기관에 재직하는 친구들의 만족도가 특히 높아 보였습니다. 학원에 다니면서 관련 있는 언론 공기업과 일반 공기업 시험을 준비하기로 결심했습니다. 학원에 다니면서 고정적인 루틴이 있다는 것은 약간의 위안이 되었습니다. 시험공부하며 조금씩 실력이 오르는 것이 보여 재미있기도 했지만, 수리 관련 성적은 참 오를 기미가 보이지 않았습니다.

학원에서는 매일 시험을 보고 게시판에 성적을 붙여두었습니다. 이름은 아니고 휴대전화 뒤 4글자이긴 했지만, 매번 아래쪽에 제 번호가 있는 게 창피했습니다. 함께 수업을 듣는 분들과 같은 수업을 들어도 이해하는 속도가 차이가 나 더 많은 시간을 들였습니다. 함께 취업을 준비한 분들이 잘 되는 모습을 볼 때면 부럽기도 했습니다. 그래도 고생한 모습을 옆에서 봐서인지 진심으로 기쁜 마음이 더 컸습니다.

하지만 날이 가면 갈수록 초심을 잃고 생각이 많아졌습니다. 마음도 싱숭생숭하고 무엇보다도 동기부여가 잘되지 않았습니다. '그만큼 간절하지 않아서인가?' 싶어 정신 차리라고 자신을 스스로 채찍질했지만, 그마저도 내성이 생겨버린 듯했습니다.

그렇게 5, 6개월이 지나니 지치기 시작했습니다. 학원을 계속 다니기에는 비용이 부담되어 스터디원들을 구해 함께 공부했습니다. 다른 분들은 2~3년씩 시험 준비를 해오셨다는 이야기를 들었습니다. 모아두었던 돈은 점점 떨어져 가는데, 오랜 기간 수험생활을 할 수 있는 금전적 여유가 없던 터라 갈수록 불안해졌습니다. 계약직 면접도 계속해서 떨어지며 탈락의 고배를 마셨습니다.

그런 와중에 고시원 생활이 힘들어 하숙집으로 이사하면서 새로운 공간에서 새롭게! 수험생활을 이어가려 했습니다. 그런데, 도무지 힘이 나지 않았습니다. 아직 시작도 안 했는데 에너지를 다 소진해 버린 것만 같았습니다. 그렇게 정말, 완전히 다 놓아버렸습니다. 공기업 준비를 포기하며 어영부영하던 목표마저 없어지고 나니 다시 또 제자리였습니다. 쉬는 게 불안하니 뭔가 시도는 해보는데, 얼마 못 가 포기하고 나니 또 제자리인 악순환에 빠졌습니다.

남들은 어떻게든 하기 싫어도 도전하고 해내는데, 포기하고 도망가려 하는 제 모습이, 부끄럽고 싫었습니다.

"이제 어디로 가야 하지?"
"내가 뭘 하고 싶은 걸까?"
"근데 하고 싶다고 다 할 수 있나?"

이런 진로가 막막한 상황은 어떻게 이겨내야 하는지 미처 몰랐습니다. 살면서 성공하는 법에나 관심이 있었지, 실패를 딛고 일어서는 법은 고민해 보지 않았던 것 같습니다. 코로나로 타인과의 교류가 점차 적어지면서 덩그러니 홀로 놓인 기분이 들었습니다.

"그래. 내 편이 없다면 내가 내 편이 되자."

"아니다. 그냥 되는대로 살자."

하나뿐인 내 인생인데, 열심히 살고 싶은 마음과 그냥 되는대로 살고 싶은 마음들 사이에서 갈팡질팡했습니다. 비대해진 풍선이 쪼그라들듯, 삶의 의욕이 생겨 행복한 인생을 꿈꾸다가도 당장 닥치는 대로 삶을 연명하기에 바빴습니다.

백수 2년 차, 그래도 밥벌이는 해야 하니까

"네가 열심히 안 산 것도 아닌데 그러니까 더 안타까운 거야."

하숙집으로 이사하고 처음에는 너무나도 행복했지만, 곧 안개 낀 듯한 뿌연 기분이 스며들었습니다. 아침에 눈을 떠 맛있는 하숙집 밥을 먹고 나면 향할 곳이 없었습니다. 아무것도 하지 않으니 아무 일도 생기지 않았습니다. 이렇게 한동안 지내도 아무 일도 일어나지 않는다는 사실에 약간은 섬뜩한 기분마저 들었습니다. 가끔 친구들을 만나거나, 어떤 모임 자리에 가서 "요즘 뭐 하냐?", "무슨 일을 하시냐?"라는 질문을 들으면 부끄러워 어딘가 숨고 싶었습니다. 코로나 상황 속 집합 금지가 강화되면서 많은 만남이 제약받았고, 점차 피부염이 너무 심해져 외출하기도 꺼려졌습니다.

그렇게 1) 정기적인 수입, 2) 정기적인 루틴, 3) 정기적으로 교류하는 인간관계(가족이나 애인과 같은)가 없는 상태가 계속되었습니다. 지금 와서 생각해 보니 애인이라도 있었으면 상황이 조금 나았을까 싶은 생각도 듭니다 :) 목사님 사모님과도 종종 연락을 주고받았지만 계속 취업을 못 하고 있으니, 면목도 없고 여러모로 답답한데 몸이 잘 따라주지 않는 상태가 지속되었습니다. 그래도 누가 책임져주지 않는 내 인생이니까, 남은 에너지를 쥐어짜서라도 힘내서 잘살아 보고 싶었습니다.

정기적인 월급은 아니었지만 당장 할 수 있었던 마트 아르바이트 일을 하며 비정기적으로 일터에 나가 돈을 벌었습니다. 감사하게도 서울시에서 청년들을 대상으로 한 월세 지원금과 청년 취업 준비 지원금

등이 있어 당장은 굶지 않고 작게나마 생계를 꾸려나갈 수 있었습니다. 그러면서 '고정적인 루틴이 없으니 뭔가 만들어볼까?'하는 생각이 들었습니다.

한 3개월가량 아침에 눈을 떠 밥을 먹고 나면 용산 아이파크몰에 있는 한 서점으로 향했습니다. 날씨가 쌀쌀해 꽁꽁 싸매고 나갔지만 한참을 빠르게 걷다 보니 금방 추위가 달아났습니다. 출근 도장을 찍 듯 서점에 방문해 책도 보고, 한강에서 산책도 하고 집으로 돌아오곤 했습니다. 세상은 바쁘게 돌아가는데 혼자 평화롭고 고요한 외딴섬에 홀로 남겨진 듯한 기분이 들기도 했지만, 몸을 움직이는 것이 밤에 잠도 푹 자고 에너지를 회복하는 데 많은 도움이 되었습니다.

* 생활패턴 지키기(밤낮 바뀌지 않도록)
* 운동하기(청소 등 몸을 움직이는 모든 활동 포함)
* 비타민 꼭 챙겨 먹기

그리고 스스로 지킬 수 있는 아주 간단한 습관 3가지를 정해 무기력한 상황을 벗어나려 했습니다. 스스로와의 약속을 통해 일상을 아주 놓아버리지 않도록 애쓰면서 아주 느리게, 조금씩 에너지를 되찾아갔습니다. 매일 연락을 주고받는 사람은 없었지만 주위 지인들에게 종종 연락하기도 하고, 먼저 챙겨주시는 분들 덕에 아예 외부와 단절되지 않을 수 있었습니다. 하숙집에 이사할 때 많은 도움을 주었던 친구와 저녁에 산책을 자주 했던 것이 큰 힐링이 되었습니다. 친구가 아플 때는 제가 병원에 보호자로 따라갔습니다. 서로 많은 도움을 주고받으며 힘든 시간을 잘 버텨내었습니다.

하루는 기대고 싶은 마음에 목사님, 사모님도 뵈러 갔습니다.

"네가 열심히 안 산 것도 아닌데 그러니까 더 안타까운 거야."

목사님, 사모님은 제 상황을 참 안타까워하셨습니다. 애써 괜찮은 척을 하다 꽁꽁 싸매던 마음이 풀어지자, 눈물이 왈칵 쏟아지며 대성통곡을 하기 시작했습니다. 그래도 기댈 곳이 있어 든든한 마음을 안고 집으로 돌아가는 길에 사모님께서 편지를 남기셨습니다.

"OO아, 네가 그렇게 힘들어하는 줄도 모르고 지냈네.
늘 씩씩하고,
똑똑해서 잘 해내는 줄 알았어.
좀 더 살펴보고 안부도 묻고 그래야 했는데.

OO아, 아직 이십 대야, 실패라고 하기엔 도전하고, 일어서고 그럴 나이라고.
시대적 상황이 어쩔 수 없다고 비관적으로 생각하지 말고.
그럴 때일수록, 너 스스로 건강하게 가꾸고, 도약할 준비를 하고 있으면 기회가 올 거야.
잘 씻고, 잘 먹고 피부가 좋지 않은데 잘 씻지 않으면 안 돼!
우리 집 자랑이고, 희망이었는데, 네가 그렇게 주저앉아있으면 어떡해!!

살다가 너무 힘들면 다시 와서 지내다가도,
너 자신을 놓아버리지는 말라고.

아직은 도전하는 시기라고 생각해….
실패할 때마다 좌절하면 절대로 안 된다고.
이 길 말고 또 다른 길이 있다고 생각하고
제발 너 자신을 소중하게 생각해 줘.

부탁한다. 잘 씻고 잘 먹고 건강하게 너 자신을 생각해 주라고….
그런 것까지도 미래를 위한 준비라고 생각이 든다.
아직은 너무나 찬란한 20대야.
OO아, 환경을 뛰어넘고 살아보자."

목사님, 사모님은 아무래도 멀리 계셔서 자주 만나 뵙지는 못했지만, 시설을 나와 홀로 생활하는 아동(보호 종료 아동) 대상 지원 프로그램을 통해 모 재단의 팀장님, 사무총장님과 인연을 맺게 되었습니다. 서울에 살면서 자주 제게 연락해 주시고 신경 써주셔서 큰 힘이 되었습니다. 사무실에 자주 놀러 갔는데 맛집, 유명한 카페도 많이 데려가 주시고, 진로 고민 많은 제가 다양한 직업군에 있는 분들을 만날 수 있도록 연결해 주시기도 했습니다. 안 입는 옷들도 한가득 주셔서 살림에 보탰습니다. 제가 끈기 있게 뭔가 해내는 것이 부족하다며 이를 보완할 수 있도록 많은 조언을 해주시고 옆에서 응원을 아끼지 않으셨습니다.

재단에서는 멘토링 프로그램이 있다며 멘토님을 연결해 주셨습니다. 처음에는 전화로만 이야기하다 보니 마음을 쉽게 열지 못했습니다. 하지만 멘토님은 적극적으로 소통해 주셨고 지방에서 직접 만나러 오시기도 했습니다. 당시 저의 상황에서 필요한 경제적 지원을 받을 방법을 알려주셔서 많은 도움을 받았습니다.

하숙집은 굉장히 합리적인 비용이었지만, 당시 통장 잔고를 고려하여 서울살이를 계속하는 것은 쉽지 않아 보였습니다. 경제적인 부담이 커져 또다시 이사를 결정했습니다. 서울 생활을 돌아보니 일자리가 이렇게 많은데 '내가' 일할 곳은 없고, 집이 이렇게 많은데 '내가' 살만한 곳은 없었습니다. 제가 부족한 탓이었지만 결과적으로는 취업 준비, 월세 지출에 많은 돈을 쓰며 별다른 소득을 얻지 못하고 서울을 떠났습니다.

새로운 집으로 이사하면서 필요한 물품을 모두 중고로 구매했습니다. 중고 거래이긴 하지만 이것저것 사다 보니 점점 통장 잔액이 줄어드는 것이 보였습니다. 중고 거래 앱을 자주 들여다보다 한정식집에서 아르바이트를 구하는 공고를 보고 식당 일을 시작했습니다. 식당 일은 바빴습니다. 오전 10시부터 밤 10시까지 일을 하니 집에 돌아와 씻고 나면 기절하듯 잠이 들곤 했습니다. 일도 고되고 때로는 '직업에 귀천이 있다'라는 생각이 들 만큼 속상한 날도 있었지만, 일할 수 있다는 게 마냥 감사했고 함께 일하시던 분들이 참 많이 챙겨주셨습니다.

어른들은 자존심이 밥 먹여주는 거 아니라면서, 젊은 친구가 힘든 일도 열심히 한다며 뭘 해도 잘할 거라고 격려해 주셨습니다. 그런 와중에 한 기관의 팀장님과 연락이 닿아 잠깐이나마 기관의 일을 돕기로 했습니다.

"왜 이렇게 주눅이 들었어! 너 안 이랬잖아! 어깨 좀 펴!"

오랜만에 사무실에서 일하려니 너무너무 서툴고 어색했습니다. 쭈구리가 된(?) 저를 보며 팀장님은 조금이나마 도움이 되는 일 경험을 쌓을 수 있도록 도와주셨습니다. 정책 제안에 필요한 데이터를 분석하고 관련 보고서를 작성하기도 하고, 각종 사무 업무를 맡겨주셨습니다. 3개월가량의 사무실 아르바이트를 마치고, 타 기관에 지원해 커리어를 이어가려 했는데 잘되지 않았습니다. 그래도 이제는 해보고 싶은 일이 생겼습니다.

짧은 기간이었지만 사무실에서 일하면서 국회에 가서 정책 제안하는 자리에 동석했던 일이 참 인상적이었습니다. 정치외교학 전공을 살려서 일을 할 수 있으면 좋겠다는 생각이 들어 국회 보좌진을 준비하기로 했습니다. 관련 교육과정도 들어보고 이력서, 자기소개서부터 차근차근 준비했습니다. 정보를 얻기가 어려운 직종이다 보니 일단 졸업한 대학 교수님을 찾아가 조언을 구했습니다.

"포기하지 않고 그만두지 않았기 때문에 (교수가) 될 수 있었던 거야"

제 이야기를 듣던 교수님은 포기하지 말라고 하시면서 격려해 주시고, 관련 일을 하는 동문을 연결해 주셨습니다. 자기소개서, 면접 컨설팅하시는 분도 만나 피드백을 받았습니다. 이후 의원실에 여러 번 지원도 해보고 의원 행정감사에도 지원했지만, 연락받지는 못했습니다. 자리도 한정적이고 경력이 없다 보니 진입이 쉽지 않을 것 같다는 생각이 들어 다른 일을 병행하면서 준비해 나가기로 했습니다.

그러다 소품 창고 청소 일을 잠깐 했습니다. 함께 일하시던 아주머니들이 청소 일을 많이 해보신 분들이라 요령을 잘 알려주셨습니다. 집에 있으면 폐인 되니까 일 안 하면 안 된다던 한 아주머니의 말처럼 밥벌이할 수 있어서 다행이었습니다. 하지만 최저시급을 받고 할 만한 일인지는 의문이었습니다. 사다리를 타고 오르락내리락하며 먼지가 쌓인 소품과 마룻바닥을 다 닦는 일이었습니다. 못이나 유리 깨진 것들도 조심해야 했고 먼지도 너무 많아 일이 참 고되었습니다. 사다리를 타다 발을 헛디뎌 하마터면 뒤로 넘어갈 뻔했습니다. 청소하며 약간은 서러운 마음도 들었습니다. '더 열심히 취업을 준비해야겠다!' 싶었습니다.

생활하면서 스트레스가 쌓이면 집에서 요리를 하며 스트레스를 풀었습니다. 작게나마 뚝딱뚝딱 뭔가 만들어내고 나면 뿌듯한 마음이 들어 기분이 좋아졌습니다. 실패해도 부담 없는, 못해도 괜찮은 취미였던 요리를 하는 것은 힘든 시간을 버티게 해 준 낙이었습니다. 그렇게 조금 더 적극적으로 취업을 준비하던 와중 알고 지내던 선생님께 전화가 왔습니다.

"OO아, 아버지가…. 병원으로 이송 중인데 머리를 크게 다쳐서
아마도…."
"네?"

뒤이어 경찰서에서 걸려 온 전화를 받았습니다.

"OOO 씨(아버지)가 사망하셨습니다. 따님이시죠? 직접 방문해 주시는 게 좋을 것 같은데요."

"동생은요?"

"동생은…."

가족이 없었는데요, 있었습니다.
(부제: 사라진 아버지, 나타난 어머니 1편)

* 죽음 관련 소재로 글이 다소 무겁게 느껴질 수 있습니다.

"OOO 씨(아버지)가 사망하셨습니다. 따님이시죠? 직접 방문해 주시면 좋을 것 같은데요."
"동생은요?"
"동생은 OOO(장애인 임시 보호시설)에 있어요."

침착하게 검은색 옷들을 챙기고 서둘러 짐을 싸서 기차에 올랐습니다. 아버지에 대한 애도는 잠시 미뤄두었습니다. 창밖의 풍경을 바라보며 당장 해야 할 것들에 집중하기로 했습니다. 늦은 밤, 경찰서에 도착했습니다. 아버지가 사시던 아파트에서 큰 소리가 나, 이를 듣고 놀란 누군가가 신고했다는 이야기를 들었습니다. 그렇게 아버지의 사망 사실을 확인했습니다. 경찰관분은 아버지의 마지막 모습을 보여주는 것을 조심스러워하셨습니다. 17살에 가출하고 나서 처음 보는 아버지였습니다. 힘없이 쓰러진 아버지의 모습이 너무나도 연약해 보였습니다.

"동생은 지금 어디에 있어요?"

동생이 있는 임시 보호시설로 향했습니다. 오랜만에 본 동생은 전과는 다르게 포동포동 살이 올랐습니다. 동생은 늘 그렇듯 제가 누나인 줄 몰랐고, 너무 오랜만에 동생을 만나서인지 약간은 어색하기도 했습니다. 생글생글 웃는 동생 옆에서 애써 웃음을 지었습니다. 동생은 갈 곳이 없어 일단 입원하고, 중증장애인 시설에 단기간(1개월) 지낼 수 있다고 했습니다. 한 달간 동생이 시설에서 지내고 나면 그 이후에는 어디에서 살아야 하나 막막했습니다. 당시 중증장애인 수용 시설이 많지 않다는 이야기를 들었습니다. 하지만 이내 곧 다른 시설을 알아보고 보호자로 가서 동생이 시설에 입소하도록 해야겠다 싶었습니다.

동생을 보고 나니 시간이 너무 늦어 아버지와 동생이 살고 있던 집에 들어가 자기로 했습니다. 경비원분과 잠깐 아버지의 비보에 관한 이야기를 나누고 집에 들어갔습니다. 낯익은 뉴스 소리, 퀴퀴하고 찌든 담배 냄새, 정신없이 기어다니는 바퀴벌레들… 십여 년 전 집을 나오기 전 그 순간으로 돌아온 듯했습니다. 방금 누군가 사다 놓은 듯한 뜯지도 않은 바나나 한 송이가 보였습니다. 텔레비전에서 들리는 뉴스 소리와 함께 금방이라도 누군가 집에 올 것만 같았습니다. 이 집이 이렇게 비어 있을 집이 아닌데, 혼자 한참을 물끄러미 아파트 베란다에 앉아 창밖을 바라보았습니다. 아버지는 어린 시절의 동생과 저의 모습을 하나도 빼놓지 않고 간직하고 계셨습니다. 어린 시절 가지고 놀았던 장난감, 미술대회에 가서 그렸던 그림들, 동생과 함께 찍었던 사진들까지도 모두 그 시절 그대로였습니다. 항상 남는 게 사진이라고 하시면서 카메라를 들고 다니며 하루하루를 기록하셨었는데, 아버지는 떠나고 정말 사진들만 남았습니다.

늘 동생보다 딱 하루만 더 살고 싶다고 했으면서, 아버지가 더 이상, 이 세상에 없다는 사실이 허망했습니다. 하지만 인명은 재천이라는 말도 있듯이 하루아침에 일어난, 누구도 예상 못 한 일이었습니다. 가족이라 여기지 않고 살아온 지 꽤 오랜 시간이 지났습니다. 하지만 어쩔 수 없는 관계이기에 언젠가는 마주할 일이라 마음의 준비를 해놓은 상태이기도 했습니다.

일단은 동생을 병원과 시설에 잘 보내는 것이 우선이라, 간단히 동생의 물품과 옷가지를 챙겼습니다. 집 안의 물건들을 정리하고 어린 시절 앨범을 보며 추억에 잠기기도 했습니다. 그 옆에는 아버지가 남긴 수십 페이지의 시집과 제게 남긴 편지들이 있었습니다. 아버지께서 정성스레 한 자 한 자 쓴 시와 제게 남긴 편지를 읽어 내려갔습니다. 참 원망스러우면서도 '아버지도 지난날을 후회하는 평범한 인간이었구나'하는 씁쓸한 마음이 들었습니다.

집안 곳곳 붙어 있던 아버지의 사진을 보니 세월이 많이 흘렀음을 느꼈습니다. 그리고 남겨진 메모들을 통해 '동생을 참 많이 아꼈구나' 그러면서 '동생을 돌보는 것이 참 힘겨운 일이었구나'라고 느꼈습니다. 이미 흘러간 시간을 되돌릴 수는 없었지만 이렇게 뒤늦게나마 아버지가 남긴 흔적들과 재회했습니다.

"아이고 딸내미야? 똑똑하고 이쁜 딸 하나 있다더니…"

다음 날 아침, 같은 아파트에 사시던 주민분들께서 아버지 이야기하고 계셨습니다. 검은 옷을 입고 캐리어를 끌고 가던 제가 딸인지 알아보시고는 저를 붙잡으셨습니다. 너무나도 안타까운 마음으로 위로해 주셨습니다. "장애인 동생 키우느라 아버지가 얼마나 고생했겠냐?"라고 하시면서 '사는 게 너무 고통이라 편하게 가셨을 수도 있다'라는 이야기를 덧붙이셨습니다. 아버지가 좋은 분이었다는 이야기를 들으니, 한편으로는 다행이라는 생각이 들었습니다. 그나저나 '이제 동생을 어떻게 해야 하나'하는 생각이 우선이었습니다. 아버지의 사망 이후 절차, 동생의 시설을 알아보는 과정에서 아파트에 살고 계시던 통장님, 정신건강복지센터 선생님, 행정복지센터, 그리고 어릴 적부터 알고 지냈던 전도사님께서도 동생이 시설에 입소할 수 있도록 많은 도움을 주셨습니다. 동생을 시설에 보내려 짐을 챙기는데 행정복지센터에서 동생 보호자가 오신다고 이야기했습니다.

'보호자? 어머니가 오신다는 얘기인가?'

그러더니 어떤 아주머니가 나타나 반갑게 저를 불렀습니다.

"예림아! 잘 지냈어? 나 이모야 기억나?"

이모는 반가운 목소리로 말을 건네셨지만 제 이름은 예림이가 아니었습니다. 어머니가 몸이 좋지 않아 이모가 보호자인 어머니 대신 왔다고 했습니다. 행정복지센터에서는 어머니가 계시기 때문에 누나가 아닌 보호자에게 동생을 시설에 보낼 수 있는 모든 권한이 있다고 했습니다. '어머니는 동생을 키우지도 않았으면서'하는 생각도 잠시, 당시 돈도 없고 직장도 없어 동생을 책임질 형편이 안 되었기 때문에 한편으로는 동생에게 보호자가 있다는 것을 다행으로 생각해야 할 것 같았습니다.

"예림아, 아버지 집은 있었어?"

어릴 적 외가에서 다들 제 이름을 예림이라고 불렀다는 이야기를 처음 전해 들었습니다. 낯선 이모라는 사람이 와서 내 이름도 아닌 이름을 부르며 친한 척을 하더니, 왜 집 관련한 사항을 묻는지 약간의 경계심이 들었습니다. 아버지가 빈털터리로 갔다는 게 그나마 다행이었습니다. 어머니 대신 오셨다고 하니 일단 막내 이모와 함께 동생을 시설에 잘 보내고, 어쩌다 보니 연락이 닿은 큰이모가 밥을 사주신다고 해서 저녁을 함께 먹기로 했습니다.

그리고 제 앞에 누군가가 찾아왔는데, 다름 아닌 제가 4살 때 집을 나가셨다고 들었던 22년 만에 보는 어머니였습니다.

엄마가 없었는데요, 있었습니다.

(부제: 사라진 아버지, 나타난 어머니 2편)

그리고 제 앞에 누군가가 찾아왔는데, 다름 아닌 제가 4살 때 집을 나가셨다고 들었던 22년 만에 보는 어머니였습니다.

"내가 무슨 말을 해야 할지…"

어머니는 한동안 제대로 말을 잇지 못하셨습니다. 어머니로서는 어릴 때 보던 딸아이가 22년 후에 훌쩍 자란 모습을 보는 것이었습니다. 어머니는 어린 시절의 저를 기억하시겠지만, 저로서는 어린 시절의 기억이 남아있지 않아 어머니를 처음 뵙는 상황에 더 가까웠습니다. 어머니가 눈앞에 있다니, 낯설고 약간은 당혹스럽기까지 했습니다.

"생각보다 밝네?"

이모부는 놀란 눈으로 저를 보며 말했습니다. 하는 일이 없어 조금은 부끄러웠지만, 어색한 상황을 꾹꾹 참고 밥을 먹었습니다. 어머니도 이모들도 참 가까운 곳에 살고 있었지만, 존재조차 모르고 살아왔다는 게 신기했습니다. 어머니와 밥도 먹고 얘기도 나누었는데, 외모며 성격이며 닮은 구석이 하나도 없었습니다. 갑작스럽게 외가 친척들이 생기는 것도 꽤 부담스러웠습니다. 22년의 틈을 메꾸려면 많은 시간이 필요해 보였습니다. 하지만 닮은 점도 발견했습니다. 어머니도 아버지의 폭력 때문에 힘든 시간을 보내셨었고, 집을 나오고 나서도 후유증에 시달리셨다는 안타까운 이야기를 전해 들었습니다. 자식들을 두고 떠나야만 했던 어머니의 마음도 아주 힘드셨을 것 같다고 생각했습니다.

당시 자세하게는 묻지 않았지만, 몸도 편찮으시고 일도 안 하고 계신 것을 보아 아무래도 저까지 신경 쓰시기에는 조금 힘드실지 모르겠다는 느낌을 받았습니다. 어머니는 보호자인 만큼 동생을 시설에 보낼지, 다른 대안이 있을지 고민하시는 듯했습니다. 어머니는 이모들도 어머니와 제가 함께 동생을 돌보라는 이야기를 했다고 하며 제 생각을 물으셨습니다.

어머니께서 보호자로서 뭔가 역할을 하고 싶은 마음이 있으셨겠거니 짐작했습니다. 하지만 이모들도 그렇고 아마 장애인 동생을 돌본다는 것이 어떤 의미인지 모르고 이야기를 한 것 아닌가 싶었습니다. 동생이 성인 남성을 밀면 휘청거릴 정도로 힘이 센데, 동생을 감당이나 할 수 있을지 싶은 게 솔직한 심정이었습니다. 본인들이 동생을 돌볼 것도 아니면서, 참 마음이 복잡해졌습니다. 결국엔 보호자인 어머니를 강경하게 설득해 동생을 시설에 보내기로 했습니다.

"기사님, 이런 상황에는 어떻게 하면 좋을까요?"

늦은 밤, 집에 오는 택시 안에서 택시 기사님도 무척이나 당혹스러워하셨지만, 진지하게 제 고민에 답해주셨습니다.

아버지가 쓰시던 핸드폰을 정지하고 재산조회 후 상속 포기를 하는 등 어느 정도 절차가 마무리되면서 아버지를 완전히 떠나보냈습니다. 중증장애인인 동생을 시설에 입소하는 문제 등 이런저런 일을 겪으며 혼란스러운 와중 시설 목사님 사모님, 친구들이 많은 위로를 해주었습니다. 사실 친구들을 몇 년간 보면서도 가족 관련 언급 자체를 피해왔습니다. 그동안은 누군가 "부모님은 무슨 일을 하시니?", "너희 가족은 어때?"라는 질문을 들었을 때 대충 둘러대곤 했는데, 처음으로 친구들에게 속 시원하게 제 상황을 털어놓았습니다.

"너 아버지가 있었어? 어머니도 있었어?"
"네가 가족 얘기하니까 뭔가 어색하다."
"내가 네 어머니보다 너를 더 많이 만났네."

친구들의 반응은 제각각이었습니다. 친구들의 고민을 듣는 것에만 익숙했지 제 이야기를 하려니 영 어색했습니다. 친구들과 이야기를 나누고 나니 기분이 조금은 나아졌습니다. 언젠가 친구가 해준 말을 듣고 제가 나무인 줄 알았는데 외로운 순간에 주변을 둘러보니 든든한 나무들이 옆에 있다는 사실을 깨닫게 되었습니다. 전도사님, 목사님 사모님, 친구들 등 주변에 이렇게 의지할 수 있는 사람이 많다는 생각이 들어 참 감사했습니다. 아버지가 돌아가시고 난 후 삶의 무게가 아주 조금은 가벼워졌습니다.

"어머니 드릴 말씀이 있어서요,
일단 동생 신경 써주셔서 정말 감사드려요.

처음에는 어머니를 몇십 년 만에 보는 것이 마냥 반가운 일일 줄 알았는데 막상 얼굴을 뵙고 나니 복잡한 마음이 커지더라고요.

평생 친척들과 교류한 적도 명절도 챙겨본 적 없는데 갑자기 외가 친척들이 생기는 것도 부담스럽고 (중략)
혼자 지낸 시간이 길다 보니 아무래도 가족이 생긴 상황에 적응이 안 되어서 연락을 주고받기는 힘들 것 같아요.

좋은 분과 함께 잘 살고 계신다는 것을 알게 된 것만으로도 참 다행이라고 생각해요. 항상 건강하세요!"

22년 만난 어머니와의 재회, 마냥 낭만적이지는 않았습니다. 누군 가는 '아니 그래도 낳아주신 어머니 아닌가?' 할 수도 있을 것 같습니 다. 어머니와는 서로의 앞날을 응원하는 그 정도의 좋은 관계로 지내 기로 했습니다. 때때로 시설에 찾아가 동생을 챙겨줄 수 있다는 것, 동 생에게 보호자가 생겼다는 사실에 감사하며 살아가기로 했습니다.

연락하는 혈연가족이 없던 제게 가족이 생긴다는 것, 마냥 좋아할 일인 줄 알았는데 꼭 그렇지만도 않았습니다. 언젠가 든든한 가족이 있었으면 했던 기대는 또 다른 부담이 되어 돌아왔습니다. 한동안은 혼 란스러웠지만, 법적인 가족들보다는 비혈연으로 구성된 사회적 관계 가 더 의지가 되었습니다. 그렇게 아버지가 돌아가시고 이후 벌어진 상 황들을 마주하면서, 이대로 가만히 있을 수는 없겠다는 생각이 들었습 니다. 일상의 변화가 간절한 시점이었습니다. 때마침 OO시에서 모집하 고 있던 '자립 준비 청년 셰어하우스'에 입주한 것은 더 나은 방향으로 저를 이끌어주는 그 시작점이 되었습니다.

3년 차 백수를 집에서 나오게 한 것은

(부제: 자립 준비 청년 셰어하우스?)

"생 - 일 축 - 하 합 – 니다!!"

한 고깃집에서 짧은 생일파티가 열렸습니다. OO시에는 한 집에 3명씩 거주할 수 있는 자립 준비 청년 셰어하우스 총 6호가 있습니다. 같은 집에서 사는 자립 준비 청년들뿐만 아니라 다른 셰어하우스에 사시는 분들과 밥도 같이 먹고, 종종 얼굴도 보다 보니 느슨하면서도 언제 봐도 편안한 사이가 되었습니다. 부득이하게 고깃집에서 생일파티를 하게 된 것은 생일을 맞은 이 청년이 한 고깃집에서 직원으로 일하고 있었기 때문이었습니다. 다 같이 일하는 곳에 찾아가 생일파티를 해주었습니다. MBTI가 ISTJ라며 매우 내향적임을 강조했던 이 청년은 갑작스러운 생일 축하에 고개를 들지 못하고 테이블에 얼굴을 파묻었습니다. 아랑곳하지 않고 다른 직원분이 가게 대형 스피커로 노래를 틀자, 온 가게에 생일 축하 노래가 울려 퍼졌습니다. 가게에서 식사하시던 다른 손님들도 다 함께 생일을 축하해 주셨습니다. 함께 생일을 축하하면서 왠지 모를 따뜻함을 느꼈습니다. 한 직원분은 "OO이 식구분들 오셨으니 서비스 드릴게요"라고 하셨습니다. 입주하고 나서 새롭게 만난 좋은 인연들에 새삼 감사한 하루였습니다.

일상의 변화가 간절했던 제가 셰어하우스에 입주하면서 경제적으로도 많은 도움을 받았고, 소중한 인연들이 생겼습니다. 조금이나마 자립 준비 청년의 목소리를 낼 수 있었고, 취업 관련 지원받을 수 있었습니다. 게다가 두고두고 기억에 남을 방송 출연이라는 추억도 생겼습니다.

셰어하우스에 입주하면서 생겨난 즐거운 기억을 써 내려가 보려 합니다. 평소 OO 시청 홈페이지에 있는 일자리 공고 페이지를 자주 들여다보곤 했습니다. 이대로 집에만 있으면 안 되겠다 싶어 여느 날처럼 홈페이지에 들어가 일자리를 알아보던 중 'OO시 자립 준비 청년 셰어하우스 입주자 모집' 공고를 발견했습니다. 한 집에 같은 성별 청년 3명이 함께 살게 되는데 주거뿐만 아니라 '취 창업 관련 정보 및 기관 추천 연계' 문구를 보았습니다. 처음에는 '다른 청년들과 한 공간에서 지낸다는 게 쉽지는 않을 텐데'하며 지원을 망설였습니다.

그러다가도 현실에 안주하지 않고 무언가 시도했을 때, 편안함을 거부하고 안전지대를 벗어났을 때 더 나은 경험을 했던 순간들을 하나둘씩 떠올렸습니다. 게다가 취업 지원이 간절한 상황이기도 했습니다. 다른 입주자분들과 같이 살다 보면 도움을 주고받기도 하면서 제 자신이 변할 수 있는 길이 보이지 않을까 하는 약간의 기대를 갖고 지원했습니다. 짧은 면접을 거쳐 셰어하우스에 들어갈 수 있었습니다. 또 한 번의 이사 준비를 마치고 입주 날이 다가왔습니다. 늘 그랬던 것처럼 짐이 많지 않아 이사는 금방이었습니다. 방 3개에 화장실 2개인 깔끔한 집 내부에 들어갔습니다. '이렇게 넓은 집에서 지내도 되나?' 괜히 어색한 기분이 들었지만 아늑한 제 방과 방에 놓인 침대를 보며 금세 기분이 들떴습니다.

입주 첫날, 시에서 환영의 의미로 주무관님들이 반찬과 밥을 해주셨습니다. 거실에 있는 6인용 식탁에서 밥을 먹고 이야기를 나누는데, 복작복작한 공간에 있는 것이 참 오랜만이었습니다. 셰어하우스 안에는 모든 생활용품이 다 갖춰져 있어 몸만 들어와서 살아도 될 것 같았습니다. 2년 동안 월세가 지원되고 관리비만 부담하면 되기 때문에 무엇보다도 경제적인 이점이 매우 컸습니다.

셰어하우스에 입주하고 나서 소중한 인연들도 많이 생겼습니다. 수많은 분의 노고 덕에 셰어하우스 지원이 만들어졌다는 것을 알게 되었습니다. 입주자 오리엔테이션 프로그램을 진행해 주셔서 서로 생활하면서 필요한 규칙도 만들었습니다. 정말 감사하게도 지역에서 한 달에 한 번씩 반찬을 직접 가져다주시고 필요한 식재료들도 사주셨습니다. '집밥데이'라는 이름으로 OO1동 지역사회보장협의체에서 오셔서 밥을 자주 함께 먹었습니다. 위원장님도 그렇고 어머님들도 오셔서 참 따뜻하게 맞아주신 덕에 편안한 분위기 속에서 든든하게 배를 채울 수 있었습니다.

협의체 위원장님, 총무님께서 자립 준비 청년끼리 서로 교류할 수 있도록 자리도 마련해 주시고, 도움이 필요할 때 종종 연락드리면 최대한 도와주셨습니다. 또 같이 입주한 언니, 동생과의 소중한 인연도 생겼습니다. 셰어하우스에 들어와서 얘기하다 보니 자립 준비 청년들에 대한 지원이 참 많다는 것을 알게 되었습니다. 자립 준비 청년 단톡방에도 초대받았는데, 수백 명이 모여있어 놀랐습니다. 혼자 이것저것 알아보는 것보다 서로 정보를 공유하니 훨씬 수월했습니다. 혼자 살 때 요리를 많이 했던 경험을 살려 가끔 룸메이트들에게 반찬이나 만둣국, 김치볶음밥 등을 해주기도 했는데, 좋아하는 모습을 보며 뿌듯했습니다. 룸메이트들과 노래방도, 근교 카페도 가고 밥도 먹으면서 저마다의 고민을 공유할 수 있었습니다. 같은 자립 준비 청년들이다 보니 서로 스스럼없이 편하게 얘기를 나눌 수 있다는 점이 참 좋았습니다. 같이 살던 동생은 학업 문제로 이사했는데, 얼마 전 밥을 함께 먹으면서 '셰어하우스 살기 전보다 많이 성장한 것 같다'라는 얘기를 해주어 참 흐뭇했습니다.

하루는 셰어하우스 입주자 대상 워크숍으로 요리경연대회가 열렸습니다. 입주자들이 다 함께 모여 팀별로 김치찌개, 닭볶음탕, 소갈비, 파스타를 했습니다. 요리 경연이 끝나고 만든 음식을 서로 나누어 먹었습니다. 심사를 앞두고 고르기 어렵다며 심사를 못 하겠다고 하신 분도 있었지만(!) 알싸한 양념 맛이 인상적이었던 닭볶음탕을 만든 팀이 1등을 차지했습니다.

"저는 ISTP에요." 오후에는 한창 유행이던 엠비티아이(MBTI) 검사를 하고 결과를 공유하는 시간을 가졌습니다. 서로 밥도 먹고 시간을 보내면서 더욱더 친해질 수 있었습니다. 또 토론회, 언론 인터뷰 등을 통해 자립 준비 청년 당사자의 목소리를 낼 수 있었습니다.

한 번은 토론회가 있었는데, 셰어하우스 입주 후 느낀 점과 자립 준비 청년으로서 보완되었으면 하는 정책 등을 발표할 기회였습니다. 입주하고 나서 잘 맞는 진로를 찾았으면 했던 제 바람을 공유했습니다. 그리고 '입주 과정에서 도움을 주신 분들과 맺게 된 소중한 인연들을 앞으로도 이어 나가고 싶다'는 내용을 덧붙였습니다.

나아가 자립 준비 청년 일자리 관련해서도

- 자립 준비 청년 - OO시 소재 기업 인턴 연계
- OO시 청년 행정 체험 취약계층에 자립 준비 청년 포함
- 자립 준비 청년 공공기관 채용 가산점

등의 내용을 함께 건의하였던 의미 있는 시간이 되었습니다.

토론회가 끝나고 다 함께 식사하는데 부시장님께서 물으셨습니다.

"OO 씨는 앞으로 뭘 하고 싶어요?"

"아 저요?"

뭔가 현실적인 진로를 이야기해야 할 것 같은 생각이 들었습니다. 그런데 잘 떠오르지 않아 선뜻 대답하기가 참 어려웠습니다. '뭘 하면 좋을까?'하는 막막함은 갈수록 커졌습니다.

마냥 좋기만 한 것도 나쁘기만 한 것도 없기에 셰어하우스의 아쉬웠던 점도 공유해 보자면, 역에서 한참 떨어진 위치는 입주자 모두가 공통적인 단점으로 꼽았습니다. 셰어하우스 지원받을 수 있다는 것만으로도 감지덕지했지만, 자차가 없어 교통이 중요한 것 중 하나이다 보니 위치는 추후 이사를 고려하게 된 가장 큰 이유이기도 했습니다.

셰어하우스에 입주하면서 가장 기대가 컸던 취업 지원과 관련해서는 OO시에서 일반 청년들을 대상으로 운영하는 1개월짜리 진로 프로그램에 참여할 수 있었습니다. 그런데 1개월이 너무 짧아 아쉬움이 컸

습니다.

"OO 씨는 뭘 하고 싶어요?"
"음.... 잘 모르겠어요."

기시감이 드는 듯한 질문이었습니다. 아버지가 돌아가시기 전에 보좌진을 준비했었고, 근 몇 년간 무언가 시도는 해왔는데 끝까지 완주하지 못해 결과는 제자리였던 저의 과거가 떠올랐습니다.

"그동안의 경험들과 경력을 다 적어보고 어울리는 직종을
찾아보는 게 좋겠네요."

하고 싶은 것들은 할 수 있을지 확신이 크지 않은 상황에서 조금 가능성 있는 진로를 고민해야 할 것 같다는 결론에 이르렀습니다. 프로그램을 통해 그간 어떤 경험을 해왔는지 정리하면서 경험을 재해석할 수 있었습니다. 진로 코치님은 제게 사회 공헌, 언론 홍보 직종을 추천해 주셨습니다. 이를 토대로 한 달 동안 코치님과 함께 이력서를 갖춰 나갔습니다. 프로그램이 끝난 이후에도 이력서를 계속 수정하면서 중소기업 위주로 지원했습니다. 직장 생활을 오래 한 룸메이트 언니도 '이거 했다 저거 했다고 해서 한 게 없는 게 아니라, 이것도 하고 저것도 하고 다 잘할 줄 안다고 해야지'하면서 옆에서 도움 되는 이야기들을 많이 들려주었습니다.

셰어하우스 지원을 적극적으로 추진했던 팀장님께서도

"길만 잘 잡으면 충분히 해낼 수 있으니까, 자신을 너무
과소평가하지 마."
"적성을 너무 고려하기보다는 그냥 하면서 고민해 봐."

하시면서 진로 관련한 조언을 아끼지 않으셨습니다.

그런데 제가 취업하지 못했던 기간이 길어서인지 면접을 보러 오라
는 곳이 없었습니다. 취업 지원 프로그램에 참여하면서 약간의 희망이
있었는데 끝나고 제자리인 모습을 보니 마음이 급해졌습니다. '취업은
모르겠고 아르바이트해야겠다' 자포자기해 버렸습니다. 결국 일곱 군
데 아르바이트 면접을 봤습니다. 다섯 곳은 연락받지 못했고, 한 곳은
회식이 잦고 술을 잘 마시는 사람을 선호한다고 이야기하셔서 거절했
습니다. 그렇게 한 패스트푸드점에서 아르바이트를 시작하게 되었습니
다. 아르바이트하면서 방송에도 출연하게 되었습니다. 촬영을 하면서
즐거운 추억도 많이 생겼습니다. '내가 TV에 나올 수 있다니!' 신기하고
설레는 마음이 교차했습니다.

첫 방송 출연이라고 너무 오버했나?

(부제: 생애 첫 방송 출연 1편)

"아버지의 그림자가 아직도 있는 것 같나요?"

셰어하우스에 입주하고 얼마 지나지 않았을 때였습니다. 같이 살던 언니가 한 방송국에서 인터뷰 요청이 왔는데, 인터뷰할 생각이 있냐고 해서 가벼운 마음으로 응했습니다. 인터뷰는 편안한 분위기 속에서 진행되었습니다. 방송국에서 집으로 오셔서 전반적인 생활, 식단, 식비는 얼마나 드는지 등의 이야기를 나눴습니다. 인터뷰 끝나갈 무렵에 피디님께서 자립 준비 청년들을 지원하는 프로그램을 만들어보고 싶다고 하셨습니다. 그러면서 방송 촬영 의사를 물으셨습니다. '텔레비전에 나올 수 있다니!' 생각만 해도 설렜습니다. 하지만 자립 준비 청년 당사자로 방송에 출연하려니 '카메라 앞에서 편하게 이야기를 꺼낼 수 있을까?' 싶기도 했습니다. 그래도 언제 이런 특별한 경험을 해보나 싶어 용기를 냈습니다. 이때부터 프로그램 방영까지 6개월가량 이어졌던 제작진분들과의 인연이 시작되었습니다.

설 명절에 작가님 두 분과 밥을 먹으며 진로 관련 이야기를 나눴습니다. 얼마 지나지 않아 패스트푸드점에서 아르바이트를 시작했을 때, 작가님들도 함께 축하해 주셨습니다. 일을 시작하고 나서는 씻어도 기름 냄새가 잘 없어지지 않았고 살이 쭉쭉 빠졌습니다. 그래도 일을 할 수 있다는 것에 정말 감사했습니다.

하루는 일하는 곳에 작가님들이 놀러 오신다고 했습니다. 설거지하고 돌아왔는데 직원분들 표정을 보아하니 엄청 바빴던 모양이었습니다. 단체 손님이 오셨는데 저를 찾으셨다고 했습니다. 홀에 나가보니 열분도 넘는 제작진분들이 햄버거 세트를 드시고 계셨습니다. 퇴근하고 다 함께 집에 가니 셰어하우스가 꽤 넓은데도 거실이 꽉꽉 찬 느낌이었습니다. 그때 듣게 된 것은 이 프로그램이 자립 준비 청년에게 정기적으로 식재료를 지원하는 공영방송 50주년 기획 프로그램이라는 사실이었습니다. 어쩐지. 집에 이렇게 많은 분이 오신 이유를 알 것 같았습니다.

그렇게 방송 출연을 결심하고 방송국에서는 브이로그 촬영을 요청하셨습니다. 그리고 5번의 공식 촬영이 있었습니다. 브이로그 촬영을 위한 셀카봉 겸 삼각대가 집에 배송되었습니다. 처음엔 카메라 렌즈 보는 것도 어색한 데다 할 말이 없어 우물쭈물하는 표정은 덤이었습니다. 지금 생각하면 왜 이렇게 열심히 찍었나, 첫 방송 출연이라고 너무 오버했나? 싶지만 브이로그 촬영하는 것이 너무 재미있었습니다. 처음 시도해 보는 것이기도 했고 마침 아르바이트를 같이하던 분이 연극영화과에 재학 중이신 학생분이셔서 촬영 팁들을 공유해 주셨습니다.

- 예쁘게 나오려는 욕심 버리고 자연스럽게
- 목소리 톤 등 촬영 후 보면서 피드백하기
- 계획대로 안 되긴 하지만 어느 정도 사전 계획해야
- 표정이나 소리 등 원하는 이미지, 말하려는 내용을 담았는가?

기상, 이불 개는 모습부터 불 끄고 잠이 드는 순간까지 대략적인 그림을 그리고 브이로그를 찍기 시작했습니다. 전보다는 어색함이 덜한 듯했습니다.

어느 날은 아침 출근길에 급하게 걸어가는데

"저 사람 유튜버인가 봐!"

외치는 소리에 주변에 있던 사람들이 일제히 돌아보았습니다. 순간 민망했지만, 태연한 표정으로 도망치듯 걸었습니다. 기존에 일기를 쓰며 제 일상을 기록했던 것처럼 영상이라는 형태로 일상 기록을 남기는 일들이 참 즐거웠습니다.

첫 촬영이 시작되었습니다. 아침에 대충 주먹밥을 해 먹으며 출근 준비하는 모습을 촬영했습니다. 평소에는 혼잣말을 잘하는데 막상 앞에 카메라가 있으니 은근히 의식하게 되었습니다. 오디오가 허전해서 어떻게 방송에 나갈 수 있을지 굳이 안 해도 될 걱정까지 했습니다. 퇴근하고 나서는 마트에서 장도 보고, 좋아하는 유튜브 채널 슈카월드를 보면서 밥도 먹고, 책 보는 일상까지 촬영했습니다. 그러다 갑작스러운 인터뷰 타임이 시작되었습니다.

"OO 씨는 뭘 하고 싶어요?"
"뭘 준비했었어요?"

질문에 답하며 이것저것 시도도 하고 실패도 했던 지난 시간을 떠올렸습니다.

"포기하지 않고 계속했으면 지금쯤 취업이 되었을까요?"

"네…"

"어떤 사람이 되고 싶어요?"

"잘 모르겠어요…"

팩트 폭력에 으스러졌습니다. 인터뷰한 대로라면 저는 뭔가 이루지 못한, 끝까지 해내지 못하고 의지가 없어 취업을 포기한 사람이었습니다. 그래도 나름대로는 생계를 위해 아르바이트도 하던 중이었는데, 짧은 순간 수많은 생각들이 교차했습니다. 이후 이어진 가정사, 부모님의 이혼 관련한 질문들에 답하며 점점 기분이 울적해졌습니다. 죄인처럼 고개를 푹 숙였습니다. 물론 항상 밝고 즐거운 모습만 방송에 나가는 것은 자연스럽지 않지만, 이런 안타까운 모습만 방송으로 나간다고 생각하니 너무 부끄러웠습니다. 새벽부터 힘들게 촬영하러 오셨는데 촬영을 망친 것 같아 죄송하고 속상했습니다.

센스 있는 감독님께서 인터뷰를 잠시 중단하고 분위기 전환 겸 고민 많은 청춘의 모습을 담아보자고 하셨습니다. 옥상에서 야경을 바라보며 진로를 고민하는 장면을 찍어주셨습니다. 날이 참 추웠지만, 카메라에 비친 야경이 너무나도 아름다웠습니다. 그렇게 아쉬운 첫 촬영이 끝나고 다음 날 작가님들이 찾아오셨습니다. 작가님들이 뭘 먹고 싶냐고 했는데 당이 떨어졌는지 허니브레드가 엄청나게 당겼습니다. 함께 이야기를 나누면서 첫 촬영 중에 생겼던 약간의 오해를 풀었습니다.

제가 진로를 고민하는 과정이 길었고 방황도 하고 있으니 촬영하면서 시도도 해 보고 꿈을 찾아보면 어떨까 하는 의도로 인터뷰를 진행하신 것이었습니다.

"미국 가기 전의 그 열정을 찾았으면 좋겠어요."

그러면서 누구나 진로를 고민하고 방황할 수 있지만 아르바이트만 계속하지 말고, 취업이든 뭐든 계속해서 시도하는 제가 되었으면 좋겠다는 바람을 이야기하셨습니다. 동시에 저를 어떤 모습으로 담아낼 수 있을지 많이 고민하고 계셨습니다. 그렇게 또 한 번 저 자신을 돌아보게 되었습니다.

"허니브레드 다 어디 갔어?"

시켜주셨던 허니브레드를 싹싹 비우고 배부른 마음으로 집에 돌아갔습니다.

두 번째 촬영은 스튜디오에서 진행하는 인터뷰였습니다. 촬영을 위해 메이크업도 해주신다는 이야기에 엄청나게 들떴습니다. 진짜 전문가의 손길은 다르구나! 느꼈습니다. 또렷한 인상이라 연한 메이크업이 잘 어울린다는 조언을 해주시고, 어울리는 제품도 추천해 주셨습니다. 스튜디오에 들어서고 적막이 흐르는 가운데, 무대 밖에서 긴 통로를 따라 걸어 들어갔습니다. 카메라 앞에 앉아 2시간 정도 카메라 밖에 있는 작가님, 피디님과 대화하며 지난 삶의 궤적을 되짚어 보았습니다.

"닉네임은 왜 아귀예요?"

"제가 어렸을 때 가장 좋아하던 날이 생일이었는데, 아버지께서 아귀를 시장에서 사서 찜을 해주셨었거든요. 너무 맛있어서 항상 생일 때마다 해주시니까 생일이 항상 기다려지는 날이었어요."

아버지, 동생 이야기, 가출하고 나서의 상황들에 관한 질문에 답했습니다. 전학 가자마자 팝송경연대회에 나갔던 이야기를 하다가

"노래 한 소절 해줄 수 있나요?"
"네? (목을 가다듬으며) 흐흠."

노래도 한 곡 했습니다. 이어 금전적으로 어려운 상황을 극복하려 노력했던 순간들, 미국 인턴 마치고 졸업 이후 방황했던 이야기까지 카메라가 앞에 있었지만, 전보다 크게 의식하지 않고 인터뷰에 집중했습니다.

"방송에 나와서 하고 싶은 말이 있나요?"
"평범하게 살아가는 자립 준비 청년들이 주위에 있다는 것을
보여주고 싶어요."
"OO 씨에게 아버지의 그림자가 아직도 있는 것 같나요?"
"아뇨, 아버지의 그림자는 옅어지고 있는 것 같아요."

컴컴한 밤 인터뷰를 마치고 집에 돌아가면서 수많은 퍼즐 조각 사이에 마지막 퍼즐 한 조각을 딱 끼워 넣는 듯한 개운한 기분을 느꼈습니다.

'동생을 돌보며 책임감 있는 성향이 생겼고, 완벽을 강요하던 아버지의 영향으로 이것저것 다 잘 해내고 싶은 마음이 컸구나. 실패하고 싶지 않아 열심히 하는데 원하는 목표를 이루지 못했을 때 크게 상심했었구나.' 인터뷰하면서 살아왔던 삶의 조각들을 맞춰보니 자연스러운 '나'라는 그림이 되었습니다.

세 번째 촬영 때에는 일상 촬영이 이어졌습니다. 청소도 하고, 밥도 먹고, 학교 주변 산책도 하는 모습, 그리고 일기를 쓰며 하루를 마무리하는 제 일상을 카메라에 담으셨습니다. 봄이었지만 엄청 추운 날씨에도 한 장면이라도 더 예쁜 모습을 담고자 했던 카메라 감독님들의 열정을 느낄 수 있었던 하루였습니다.

네 번째 촬영일을 앞두고는 많이 떨렸습니다. 당시에 잠깐 관광 가이드에 관심이 생겨 작가님께 이야기했는데 프랑스인 친구를 섭외해 주셨습니다. 친구를 만나 일일 여행가이드를 하기로 했습니다. 오전에는 일상 촬영이 이어지고 지역에서 어머님들과 함께 김장 봉사하는 모습을 촬영했습니다. 이후 프랑스인 친구를 만나 준비한 수원화성 가이드 투어를 진행했습니다. 그리고 각자의 고민을 공유하며 주거, 진로 등에 관한 생각을 얘기했습니다. 한국과 프랑스의 사례를 비교하며 이야기를 주고받았습니다. 피디님께서 컷! 하시고 MC인 줄 알았다며 칭찬해 주셨습니다. 프랑스인 친구는 계속된 촬영에 힘들 법도 한데 참 친절했고 처음 만났는데도 말이 참 잘 통했습니다. 프랑스인 친구와는 다음 만남을 기약하고 즐겁게 집에 돌아왔습니다.

시간이 조금 흘러 다섯 번째 촬영일이 되었습니다. 그날은 평소와 다르게 많은 스태프분이 오셨습니다. 평소처럼 작가님과 대화를 나누고 있었습니다. 카톡 메시지로 한 동영상을 받았습니다.

'어? 홍석천 님?'

영상을 확인하자마자 문을 두드리는 소리에 문을 벌컥 열었더니 눈앞에 방송인 홍석천 님이 있었습니다. 제가 문을 벌컥 연 나머지 문에 머리를 부딪혀 머리를 문지르고 계셨습니다. 너무 놀라 눈이 휘둥그레졌습니다.

20대 때로 돌아갈 수 있다면 뭐 하고 싶으세요?

(부제: 생애 첫 방송 출연 2편)

**"요리만 그런 게 아니야. 인생도 마찬가지야,
실패해도 계속 도전해야 하는 거야."**

* 방송인 홍석천 님이 '집사'로 자립 준비 청년의 집에 방문하는 설정이 포함된
프로그램이었습니다. 편의상 '집사님'으로 칭하겠습니다.

"괜찮으세요?"
"제 소중한 머리가 깨질 뻔했어요."

TV에서만 보던 분이 눈앞에 있다니! 얼떨떨했습니다. 48,500원의
주어진 예산으로 장을 본 후 식재료를 한가득 들고 자립 준비 청년 셰
어하우스에 찾아오셨습니다. 반갑게 인사를 나누다 보니 집사님과 생
일이 하루 차이 난다는 사실을 알았습니다. 마침, 둘 다 양말에 구멍도
나 있었습니다. 특유의 친화력을 보여주신 덕에 분위기가 금방 편해졌
습니다. 거실에서 간단하게 인터뷰를 한 후 주방으로 향했습니다.

집사님은 식중독 증상으로 인해 컨디션이 좋지 않으신 듯했습니다.
그런데도 녹화가 시작되면 언제 그랬냐는 듯 밝고 유쾌한 모습으로 촬
영에 임하셨습니다. 수많은 사람이 앞에서 지켜보고 있는 와중에도 분
위기를 금방 화기애애하게 만드셨습니다. 냉장고에 양지, 무, 나물 등
식재료들을 채워 넣고 나서 장바구니 안에 있던 아귀를 보았습니다.
제 닉네임이 아귀였던 만큼 제가 아귀를 좋아할 것 같아 아귀찜 재료
를 사 오셨다고 했습니다.

촬영을 위한 세팅을 마치고 본격적으로 아귀찜을 만들기 시작했습니다. 감사하게도 다년간의 요식업 경력을 보유하신 집사님께서 집에서 평소 쓰는 양념들도 함께 챙겨 오셨습니다. 함께 재료도 손질하고, 양념도 만들었습니다. 된장을 풀어 칼집 낸 아귀를 익히기 시작했습니다. 아귀 삶은 물을 활용해 양념을 넣고, 콩나물은 나눠서 넣었습니다.

"집에서 아귀찜 만드는 거 처음이지?"
"네!"
"신기하지?"
"네!"

참기름, 참깨 뿌리는 법, 소스 활용법 등 다음에 혼자 아귀찜을 해 먹을 때도 적용할 수 있도록 섬세한 요리 팁들까지 꼼꼼하게 알려주셨습니다. 잠깐 콩나물이 익기를 기다리며 집사님과 대화를 나눴습니다. 그러면서 제가 왜 요리를 좋아하는지 얘기했습니다.

"요리하면서 실수도 많이 하는데, 요리는 실패해도 부담이 없어서 좋아요.. 다음에 또다시 하면 되니까."
"인생도 마찬가지야, 실패해도 계속 도전해야 하는 거야. 요리도 그렇지만 인생도 실패해도 괜찮아 계속해 봐."

집사님은 한 번에 되는 건 없다며 배우 오디션에 70~80번은 떨어지셨던 이야기를 해주셨습니다. 떨어진 시간이 지나고 나니 큰 도움이 되셨다고 하셨습니다. 인생도 요리처럼 실패해도 계속해서 도전해야 한다고 이야기해 주셨을 때, '내가 왜 요리라고만 생각했을까?' 싶었습니다. 집사님은 실패하면서 배우고, 또 도전하고, 도전하는 횟수를 늘려야 한다며, 완성형은 될 수 없으니 그냥 불완전한 상태에서 도전해야 한다는 점을 강조하셨습니다. 이야기를 나누는 사이 아귀찜이 완성되었습니다. 식탁에 둘러앉아 아귀찜을 나누어 먹었습니다. 정말 식당에서 파는 것 같은 맛이었습니다. 게다가 아귀가 엄청 많아서 먹는 내내 입이 즐거웠습니다.

"그냥 너를 믿어."

집사님의 젊은 시절 이야기를 들으면서, 도전하고 실패를 거듭하는 과정에서 배우고 성장하셨다는 것을 알 수 있었습니다. '하고 싶은 게 있으면 적어도 그 물에(분야에) 들어가 놀면서 배우고 기회를 잡아야 한다'라는 조언을 해주신 것이 기억에 남았습니다. 집사님은 20대 때 돈 없어도, 직업이 없어도 된다며 제 나이와 바꿀 수 있다면 돈 주고도 바꿀 수 있다는 이야기하셨습니다. 말이 나온 김에 "그럼 그때로(20대 때) 돌아간다면, 뭐 하고 싶으세요?"라고 물었는데 '사랑'이라는 예상치 못한 답변에 빵 터졌습니다. 유쾌함을 잃지 않고 최선을 다해 촬영에 임하시는 모습을 보며 많이 배웠습니다.

제작진분들도 진로를 고민하셨던 이야기를 함께 나눠주시고 격려해 주셨습니다. 한 피디님은 대학원까지 졸업 후 한참 돌아온 길임에도 본인이 하고 싶은 꿈을 찾아 피디가 되고 한 작가님은 일을 하면서 버티다 보니 점점 자신감을 얻게 되셨다고 했습니다.

"꼭 성공해야 해, 실패하면 절대 안 돼 생각하기보다는 실패해도 괜찮다고 생각하려고 해요."

촬영 후 인터뷰를 하면서 생각했습니다. 실패해도 가장 부담이 없는 시기는 바로 젊은 날의 지금이었습니다. 프로그램 촬영을 통해 집사님께서 특별한 하루를 선물해 주신 덕에 큰 깨달음을 얻었습니다. 촬영을 마치고 혼자 헤벌쭉하며 특별했던 하루를 일기장에 기록했습니다. 문득 '먼 훗날의 내가 젊은 날의 나를 떠올린다면 어떤 걸 후회할까?' 하는 생각이 들었습니다. 그냥 아무것도 하지 않은 채 허송세월 보내는 모습을 가장 후회할 것 같았습니다. 저 역시도 어려운 조건 가운데에서도 도전하고 성취하는 모습을 저 스스로한테 바랄 것 같았습니다.

프로그램 방영일이 다가왔습니다. 예고편이 방영된 것을 보고 작가님께 연락을 드렸는데 제 출연 분량은 1회 차 정도라고 하셔서 약간은 아쉬웠습니다. 처음에는 3회 차에 걸쳐 출연한다는 이야기를 들었었는데 계획을 대폭 수정하신 듯했습니다. 그래도 방송에 제가 출연한 모습을 보면서 엄청 신이 났습니다. 두고두고 아껴볼 소중한 선물을 받은 것 같았습니다. 집을 나와 씩씩하게 살아가는 제 모습을 예쁘게 카메라에 담아주시고 정성껏 편집해 주셔서 감사했습니다.

저는 6개월가량의 제작 과정에 함께 했지만, 방송 기획부터 방영까지 1년 정도 걸렸다고 들었습니다. 한 프로그램이 어떻게 만들어지는지 옆에서 구경할 수 있어 신기했습니다. 프로그램 하나 만드는데 이렇게 큰 노력과 인력과 기획과 회의가 필요하다는 것을 알게 되었습니다.

그리고 인터뷰를 하면서 저 자신과 조금 더 가까워질 수 있었습니다.

촬영 이후, 함께 촬영했던 프랑스인 친구와의 소중한 인연도 계속 이어갈 수 있었습니다. 친구에게 한국어도 알려주고 집 재계약할 때 가서 통역을 해 주기도 했습니다. 계약 관련 각종 생소한 용어들을 들으면서 이걸 외국인이 혼자 어떻게 하나 싶었습니다. 마침, 제가 옆에 있어 참 다행이라는 생각을 했습니다. 친구 덕에 프랑스-한국 교류 파티도 가보고 함께 등산도 갔습니다. 친구는 만나면 만날수록 전문 산악인 같은 등산 실력에 말하는 걸 곰곰이 들어보면 저보다 더 한국인 같을 때도 있었습니다.

하루는 이른 아침부터 가평으로 여행을 떠났습니다. 남이섬으로 향하는 도중 친구가 히치하이킹을 하자고 했습니다.

'응? 히치하이킹?'

생각하는 사이에 이미 친구가 지나가는 차들에 수신호를 보내고 있었습니다. '프랑스인이 맞긴 맞구나'라고 생각했습니다. 맛집도 저보다 더 잘 알고 더 많이 국내 이곳저곳을 다녀본 친구 덕에 많은 추억을 함께 쌓아가고 있습니다.

방송은 끝났지만, 패스트푸드점 아르바이트는 계속되었습니다. 가끔 외국인 손님들이 오면 미국에서 생활했던 기억들도 떠오르곤 했습니다. 많은 체력이 요구되는 일이긴 했습니다. 매니저님들을 보니 다들 크고 작은 화상 자국들이 하나씩은 있었습니다. 처음에 일을 접하면서 어려움도 있었지만, 옆에서 꼼꼼하게 알려주셔서 잘 적응할 수 있었습니다. 같이 일하시는 분들이 워낙 잘해주셔서 함께 나눠 먹으려고 유부초밥과 과일도 싸가서 나눠 먹었던 때가 참 좋았습니다.

하루는 대표님이 오셔서 이야기를 하다가 제게 '지금이 너무 좋은 때'라고 하셨습니다. 제가 "좋은 때에 뭘 하면 좋을까요?"라고 물으니 "살아보니 시간이 너무 금방 가. 뭘 하든 열심히 살아야 해"라고 하셨습니다. 뭘 열심히 해야 할지는 잘 몰랐지만 알차게 시간을 보내보고자 퇴근 후에 영상편집도 배우고 베이킹도 배웠습니다.

아르바이트하면서 느낀 것은 다 끝이 있다는 것이었습니다. 길고도 길게 느껴졌던 코로나도 종식이 선언되었습니다. 쉴 새 없이 주문이 끊이지 않아 정신없이 일하다가도 피크타임이 끝나면 숨 돌릴 틈이 생겼습니다. 설거지를 하면서 날갯죽지가 나가떨어질 것 같은 순간도 어느샌가 끝을 보였습니다. 힘겨운 순간들도 언젠가는 다 지나간다는 것을 느꼈습니다. 그리고 오래오래 일할 수 있을 것 같았던 일터를 떠나 건강상의 이유로 잠시 일을 쉬었습니다. 체력을 회복하면서 채용 공고를 보다 당시 유난히 뜨는 공고들이 많았던 영어학원 여러 군데 면접을 보고 한 학원에서 일을 시작했습니다. 집사님께도 작가님들께도, 목사님, 사모님께도 새로운 일을 시작했다는 기쁜 소식을 전해드렸습니다.

아이들 가르치며 터득한 '잘 가르치는 법'

(부제: 영어 요리 강사가 된 주디쌤!)

"취미는 코인노래방 가기고요, 베이킹 과정도 좀 들었어요, 100% 영어 수업도 가능하고요."

대학 졸업 후 꽤 오랜 시간이 흘렀습니다. 더 이상 진로를 고민만 하기보다는 뭐라도 하면서 진로 고민을 병행해야 했습니다. 당시 구인하던 한 영어학원에 찾아가 면접을 봤습니다. 영어로 자기소개도 하고 간단한 이야기를 나눈 후 강사 일을 시작했습니다. 저는 유 초등 아이들을 대상으로 하는 요리 영어와 스터디 수업을 맡았습니다. 평소 요리하는 것도 노래 부르는 것도 좋아했는데 때마침 요리를 하면서 아이들에게 즐겁게 영어를 가르칠 기회가 주어졌습니다. '쓸모없는 경험은 없다'라는 말을 이럴 때 실감하였습니다. 아르바이트하며 배워두었던 베이킹도 이렇게 다 도움이 되는구나! 싶어 의욕이 샘솟았습니다.

영어 선생님으로 일하면서 어떻게 하면 아이들을 잘 가르칠 수 있을까? 고민했습니다. 아이들을 가르치며 조금은 해답을 찾은 것 같았습니다. 너무 당연해 조금 싱겁게 들릴 수 있지만 준비하면 할수록 아이들은 그만큼 즐거워한다는 것이었습니다. 근무 초반에는 긴장도 되었습니다. 그래도 초롱초롱한 눈으로, 때로는 피곤한지 심드렁한 얼굴로 쳐다보는 아이들 앞에서 긴장한 모습을 보이고 싶지 않았습니다. 아이들의 영어 학습에 있어 중요한 시기인 만큼 잘 가르쳐야 한다는 책임감이 더해져 빠르게 업무에 적응하려 노력했습니다.

퇴근할 때쯤 '오늘도 살아남았다!'하는 생각이 절로 들었습니다. 다른 강사님들이 강의하시는 모습을 보면서 많이 배웠습니다. 또한 원장님, 강사님들이 수업에 도움 되는 조언을 많이 해주셨고, 잘 활용해 제 것으로 만들고자 했습니다.

어떻게 하면 아이들이
더 많이 말할 수 있을까?

어학원인 만큼 처음에 가장 신경을 많이 썼던 부분은 아이들이 주어진 시간 동안 최대한 많이 영어로 말하도록 하는 일이었습니다. 원장님께서도 이 부분을 가장 강조하셨습니다. 월별로 주어진 주제와 관련된 표현을 노래와 함께 배우는 것을 기초로 해서, 요리나 주제와 연관된 부가적인 질문들에 아이들이 대답할 수 있도록 구성했습니다. 아이들이 모르는 표현들은 알려주고 반복해서 따라 하도록 했습니다.

오디오가 비지 않게 하는 것이 핵심이었습니다. 스터디 수업에서 다룬 내용들과도 연계하여 어휘나 표현들이 아이들 귀에 익도록 했습니다. 그렇게 아이들이 최대한 많이 영어를 내뱉고 집에 돌아갈 수 있도록 하는 것을 목표로 삼았습니다.

수업하다 보니 아이마다 주어진 지시 사항을 완수하는 속도가 제각각이었습니다. 되도록 같이 작업하도록 하되, 빨리 작업을 마무리한 아이에게는 계속해서 질문을 던지거나 읽고 따라 할 수 있는 추가 과제를 주었습니다. 한 아이를 보면서도 항상 다른 아이들의 동향을 예의 주시하는 것도 참 중요했습니다. 수업을 거듭하며 창의적인 아이들의 모습에 놀랐습니다. 수박화채를 만들다 한 아이가 여우를 만들었다며 보여주었습니다. 자랑스러워하는 모습이 참 귀여웠습니다.

하루는 커스터드 크림 토스트를 만드는데 한 아이가 기발한 작품을 만들었습니다. 아까워서 어떻게 먹냐고 하더니 수업이 끝나자마자 홀랑 다 먹고 집에 돌아가는 모습에 웃음이 났습니다. 또한 상상력이 풍부한 아이들의 대답을 들으며 때로는 함께 수업을 만들어 나간다는 느낌을 받았습니다.

"만리장성은 왜 만들었을까?"
"다이어트하려고요!"
"등산하려고요!"
"악당들이 오다가 힘들어서 지치라고요!"

"남한과 북한은 왜 분단되었을까?"
"놀러 오는 게 싫었나 봐요."

유쾌한 아이들의 모습을 보면 참 힐링이 되었습니다. 주제는 같은데 반마다 다른 아이들의 리액션을 보는 재미도 있었습니다. 대체로 아이들이 열심히 떠들고 가는 모습에 점차 마음이 놓였습니다.

어떻게 하면 아이들과
더 재미있게 수업할 수 있을까?

수업 중 오디오가 비지 않는 것 다음으로 신경 썼던 것은 '어떻게 하면 아이들을 더 재미있게 가르칠 수 있을까?'하는 것이었습니다. 재미와 학습이라는 두 마리 토끼를 다 잡는 것이 쉽지 않지만, 아이들이 흥미를 잃지 않도록 최선을 다해야 했습니다.

어떤 비유를 들어야 더 이해하기 쉬울까?
어떤 사진을 쓰면 더 좋아할까?
칠판은 어떻게 꾸밀까?
어떻게 아이들을 웃겨볼까?

기존 교안을 변형하며 고민하다 보니 어느새 시간이 훌쩍 지나있었습니다. 게다가 요리 수업에 비해 스터디 수업은 인기가 없었습니다. 요리 수업 시간에는 한 번도 시간을 묻지 않던 아이들이 공부를 시작하면 "몇 시예요?"라고 물었습니다. 이런 모습들을 보니 스터디 수업 시간엔 더 오버하곤 했습니다. 책에 표시하는 활동도 많이 하고, 아이들 과제를 확인할 때도 동그라미만 그리는 것이 아니라 빨리 그릴 수 있는 간단한 그림들을 그려주었습니다. 같이 문장을 읽을 때도 빨리도 읽고 천천히도 읽으며 변화를 주었습니다.

상황이나 개념 등을 설명할 때는 동작은 크게, 구체적으로 설명하려 했습니다. 그러다 보니 상황극 연기도 하고 의도치 않은 몸 개그도 하게 되었습니다. 100% 계획된 유머로 아이들을 웃기려고도 해 봤습니다. 가끔은 아이들이 좋아하는 캐릭터에 비유하며 친근하게 느껴지도록 했습니다.

한편으로는 아이들과 빨리 친해지려 했습니다. 아이들의 이름을 빠르게 외우고 아이들이 좋아하는 캐릭터를 공부했습니다. 아이들 헤어 스타일부터 옷, 가지고 있는 사소한 액세서리나 학용품 등을 보면 예쁘다, 멋지다며 말을 건넸습니다. 아이들한테 잘 보이려고 오랜만에 파마도 하고 예쁜 옷도 사 입었습니다. 친근하게 보이려 양 갈래, 뿌까 머리도 자주 했습니다. 눈썰미 좋은 아이들은 바로바로 변화를 알아봐 주었습니다. 다행인 것은 아이들도 제가 싫지는 않았던 모양이었습니다. 아이들은 교실 문밖에서 수업을 기다리며 수업 준비하는 저를 들여다보곤 했습니다.

"선생님 보자마자 첫눈에 반했어요!"
"선생님 사랑해요!"
"선생님 너무 예뻐요!"
"Cooking is super fun!"
"알러뷰 티철~~~~"
"주디쌤 제가 크면 아메리카노 사드릴게요!
아메리카는 못 사드리니까~"

그저 황송했습니다. 살면서 이렇게 예쁘다, 사랑한다는 말을 많이 들어볼 일이 앞으로도 있을까 싶었습니다. 있는 그대로 표현해 주는 아이들의 순수한 모습이 참 예뻤습니다.

**어떻게 하면 아이들이
더 오래 집중할 수 있을까?**

수업을 하다 보니 조금 욕심이 생겨 어떻게 하면 아이들이 수업에 더 집중할 수 있을까? 고민했습니다. 수업에 잘 참여하는 아이를 구체적으로 칭찬하면 다른 아이들도 덩달아 집중하곤 했습니다. 주위를 환기하기 위해 박수를 치거나 "Be be quiet!", "Eyes on teacher!"등을 함께 외치고 아주 가끔은 박수 빨리 치기 시합도 했습니다. 수업을 해보니 큰 목소리로 하이텐션을 유지하는 것보다는 상황에 따라 변화를 주는 것이 효과적이었습니다. 요리 시간에 아이들이 참여를 해야 재료를 나누어 주고, 참여도에 따라 재료를 먼저 나눠주는 등 단기적인 보상을 활용했습니다. 포인트 제도를 활용해 3포인트를 모으면 스티커 1개를 주고, 스티커 10개를 모으면 미니 화폐로 교환해 주면서 성취하는 기분을 느끼게끔 했습니다.

수업 이해도를 확인하려 퀴즈도 자주 내었습니다. 수업 중 다룬 내용들을 끝부분에 물어보면서 복습 겸 정리하는 시간을 가졌습니다. 때로는 팀을 나누어 게임을 하며 함께 협동하도록 했습니다. 단, 게임을 할 때 주의해야 할 부분도 있었습니다. 수업 후 한 아이의 부모님으로부터 클레임을 받은 적이 딱 한 번 있었습니다. 게임 후에 대답을 잘한 친구들에게 스티커를 주고 집에 보냈습니다. 그런데 스티커를 받지 못한 아이가 집에 가서 밥을 먹지 않았다는 것이었습니다. 차등적 보상에 민감한 아이들이 많은 만큼 스티커를 줄 때에는 공평하게 하나씩 주고, 잘하는 친구는 더 주기로 했습니다.

이 외에도 수업을 하며 아이들은 참 손이 많이 간다는 것을 깨달았습니다. 어딘가에서 다쳐오기도 하고, 입술 주위가 터 있기도 했습니다. 시도 때도 없이 "배고파요"하는 아이들도 꽤 많았습니다. 재채기를 하는데 콧물이 지렁이처럼 쑥 나오거나 몰래 코딱지를 파다 코피가 나는 아이들도 종종 있었습니다. 솔루션은 간단했습니다. 밴드, 로션, 물티슈 등을 준비해 각각의 상황에 대응하고 때마침 집에 간식들이 많아 아이들과도 가끔 나눠 먹었습니다. 아이들은 또 자주 아프기도 해서 기침을 하는 경우 작은 사탕을 주면 침이 고이면서 조금은 나아졌습니다.

늘 그렇듯, 수업 준비는 했지만 예상대로 흘러가지 않았던 때도 많았습니다. 시간 배분을 포함해 예상치 못한 일이 생길 때의 계획, 수준별 수업 등 세세한 부분을 점차 보완해 나갔습니다.

"경력이 많지 않아 걱정했는데 다행히 잘해주고 있네요."

다행히 아이들도 노력을 알아주는 듯했습니다. 열심히 수업을 준비하면 아이들은 금방 눈치를 챘습니다. 아이들을 위해 이것저것 부족한 부분을 적어주었을 때도 아이들은 '쌤 이거 쓰느라 힘들었겠다'는 말을 건넸습니다. 수업에 대한 준비뿐 아니라 요리 수업을 위한 재료 준비도 때에 따라 품이 많이 들었습니다. 수업 전 일찌감치 와서 준비해야 할 때도 많았습니다. 그래도 '준비해 주셔서 감사하다'라는 사려 깊은 아이들의 말에 힘이 났습니다.

일하면서 항상 즐거운 일들만 있었던 것은 아니었습니다. 근무시간에는 수업을 하고 근무 외 시간에 수업을 준비하니 개인 시간은 많지 않았습니다. 그래도 준비하는 만큼 아이들과 재미있는 시간을 보냈습니다. 창의적이고 순수한, 노력을 알아주는 고마운 아이들 덕에 더 나은 강사가 되고자 했던 것 같습니다. 점차 일을 하며 재미도, 보람도 느꼈습니다.

어느 날 수업이 끝나고 한 아이가 "주디쌤이 너무 웃겨요!"하며 집에 돌아가는 모습을 볼 때 정말 일할 맛이 났습니다. 주위에서도 아이들 가르치더니 밝아졌다는 이야기를 많이 들었습니다.

일을 하며 많이 느꼈습니다.
'가르치는 일, 나도 참 많이 배우는구나.'

사회적 가족, 혈연을 넘다

(부제: 든든한 사회적 관계망이 있다면)

"꼭 혈연일 필요는 없는 존재요."

쌀쌀해질 무렵, 영어학원은 일찌감치 다가올 크리스마스 분위기를 내는 데 한창이었습니다. 크리스마스를 기념하여 아이들과 함께 케이크를 꾸미는 수업이 예정되어 있었습니다. 특별한 날인 만큼 케이크도 예쁘게 만들어주고 싶었습니다. 검색을 해보니 마침 근처에 제빵 학원이 있었습니다. 케이크 장식하는 법을 배워서 수업에 활용도 하고, 케이크도 좀 먹을 겸 커스텀 케이크 마스터과정을 신청했습니다. 1개월간 아이싱부터 캐릭터 디자인까지 골고루 배웠습니다.

선생님께서 친절하게 설명도 해주시고 잘 못하면 도와주셨습니다. 가르치는 일을 하다 잠깐 배우는 입장이 되니 이렇게 편할 수가 없었습니다. 그러던 와중 한 방송국으로부터 출연 제의를 받았습니다. 제가 정말 좋아하던 시사교양 프로그램이었습니다. 처음에는 학원을 촬영하고 싶다는 이야기에 단호하게 거절 의사를 말씀드렸습니다.

영어학원으로서는 크리스마스 관련 수업, 파티를 준비하는 가장 바쁜 때였습니다. 아이들이 원치 않거나 부모님들이 촬영을 불편해하실 수 있어 일일이 양해를 구하는 것보다는 촬영을 하지 않는 것이 맞겠다고 판단했습니다. 그런데 학원을 촬영하지 않는 조건으로 재차 연락을 주셨습니다. 출연을 결심했던 것은, 제가 평소 즐겨보고 좋아하던 프로그램이어서가 가장 컸습니다. 종종 혼자 밥 먹으면서 정적이 흐르는 방 안을 채우던 프로그램이었습니다. '1인 가구의 고립'을 주제로 한 내용이 어쩌면 혼자 밥 먹으면서 방송을 보는 분들에게 조금이나마 힘이 될 수도 있지 않을까 하는 생각에 촬영 일정을 잡았습니다. 이런 방송들이 하나둘 만들어지면서 고립 문제가 사회적으로 주목을 받는다면, 정책적으로 조금 더 관심을 받을 수 있지 않을까 하는 약간의 기대도 있었습니다.

총 세 번의 촬영이 진행되었는데, '벌써 끝났나?' 할 정도로 속전속결이었습니다. 아마 1회 분량에 전문가 인터뷰 등 다양한 내용들이 어우러지는 가운데 잠깐 출연해서 그런가 보다 했습니다. 치아교정이 아직 끝나진 않았지만, 교정 초기보다 약간은 업그레이드된 외모로 첫 촬영에 임했습니다. 부스스한 모습으로 아침을 먹고 그룹홈 사모님과 영상 통화를 했습니다. 오랜만의 통화에 촬영을 잊고 한바탕 이야기꽃을 피우다 서둘러 제빵 학원으로 향했습니다. 카메라 감독님께서 열심히 케이크를 만드는 제 모습을 카메라에 담아주셨습니다. 만든 케이크를 들고 평소처럼 학원에 출근했습니다. "주디쌤 오늘 왜 이렇게 예뻐?", "이 케이크는 또 뭐야?", "아 그래요?"라고 웃으며 황급히 화제를 돌렸습니다.

두 번째 촬영일에는 프로그램의 내레이터이시면서 전 LG인화원장이기도 하신 이병남 선생님과 함께 식사를 하기로 했습니다. 줄곧 LG 핸드폰을 써오긴 했는데, 교육 연수 기관인 인화원이 있다는 것은 처음 알았습니다. '근데 선생님이랑 만나면 무슨 이야기를 하지?' 제가 너무 모르면 어색할까 싶어 선생님 이름을 검색해 벼락치기를 했습니다. 구불길을 한참을 걸어 한 이탈리안 레스토랑에 도착했습니다. 걱정과는 달리 선생님은 너무나도 따뜻한 인상으로 저를 맞이해 주셨습니다.

마치 영화 '인턴'에 나오는 인자한 할아버지가 저를 반겨주시는 것 같았습니다. 반갑게 인사를 나누고 제빵 학원에서 만든 케이크도 선물했습니다.

이야기를 나누다 보니 공감대도 많았습니다. LG 핸드폰에 대한 이야기를 시작으로 미국에 살았던 경험들, 서로의 일상에 대한 이야기를 나누었습니다. 무엇보다도 깊은 이야기를 꺼낼 수 있었던 것은 1인 가구 고립을 주제로 대화할 때였습니다. 다행히 선생님은 지인 중 그룹홈을 운영하고 자립 준비 청년들을 돕고 계시는 분들이 계셔서 제 이야기를 더 잘 이해해 주시는 듯했습니다. 1인 가구로서의 어려움, 외로움에 대한 생각들을 폭넓게 나눴습니다.

선생님께서는 바쁘게 사람들을 만나는 일을 하시다 은퇴 후 외로움에서 벗어날 수 없었던 경험을 이야기해 주셨습니다. 막연하게만 느껴졌던 은퇴 이후의 일상, 건강 관리 등에 대한 이야기를 들으며 '너무 겁먹지 않아도 되겠구나'하는 생각도 했습니다. 처음엔 무슨 얘기를 해야 하나 싶었는데 하다 보니 이야기가 끊이질 않았습니다. 기자님이 충분히 찍었으니 잠깐 쉬어가자 하셔서 겨우 대화를 마무리했습니다.

"OO 씨가 진행을 참 잘하네!"

이전에 다른 프로그램을 촬영할 때 프랑스인 친구랑 수다를 떨며 이야기를 이어 나갔을 때의 기억이 떠올랐습니다. 선생님께서 대화하면서 칭찬도 위로도 많이 해주셔서 힘이 났습니다.

"오늘 좋은 친구가 생겼네! 다음에 또 봅시다!"

식사를 마치고는 인터뷰 장면 촬영이 이어졌습니다. 질문에 답을 하다 앞을 보니 제 이야기를 듣고 계시던 기자님이 저보다도 더 눈물을 글썽이고 계셨습니다. 애써 울음을 참으며 인상적이었던 마지막 질문을 끝으로 인터뷰를 마쳤습니다.

"OO 씨에게 가족이란?"
"음… 꼭 혈연일 필요는 없는 존재요."

세 번째 촬영일에는 스튜디오에서 다 함께 모였습니다. 프로그램에 출연하시는 분들과 모든 제작진분과 함께 가족사진을 찍었습니다. 많은 이야기를 나누지는 못했지만, 함께 사진을 찍으신 분들의 사연은 또 방송에 어떻게 나오게 될지 기대가 되었습니다.

방송은 정말 따뜻하면서도 깊이가 있었습니다. 잔잔하면서도 편안한 내레이션과 함께, 고립과 외로움의 문제를 사회적 시각으로 조명한 내용들이 이어졌습니다. "홀로 보내는 시간, 고독도 즐길 줄 알아야 한다는 각자도생의 시대, 외로움과 고립은 대개 사회적 취약 계층의 문제로 여겨져 왔습니다. 하지만 과연 그럴까요? 통계청 조사 결과, 우리 국민 세 명 가운데 한 사람은 어려울 때 도움받을 사람이 없는 것으로 나타났습니다. 비슷한 질문을 던지는 OECD 공동체 영역 국가별 순위에서도 최하위권이었습니다." SNS 등을 통해 더 많은 이들과 서로 연결된 듯 보이는 현대사회, 어느 때보다도 고도성장을 이루었지만, 그에 못지않게 그늘은 더 짙어졌습니다. 치열한 경쟁 사회 속 누구나 예기치 못한 실패를 경험하고 고립의 상황을 맞을 수 있는 것이었습니다. 어딘가 기댈 수 있는 사회적 안전망조차 없다면, 이는 개인 노력만으로 극복하기엔 그 한계가 분명해 보였습니다. 고립 문제 해결을 위해 시장, 정부, 개인 모두의 노력이 필요하다는 한 전문가의 의견도 인상적이었습니다.

또한 프로그램에서 현상에 대한 분석뿐 아니라 다양한 국내외 사례들이 소개되어 더욱 유익했습니다. 외로움을 사회적 문제로 인식하고 대안을 마련했던 영국의 '사회적 처방(Social Prescribing)'에 대해서도 알게 되었습니다. 외로움을 원인으로 정서적 어려움이 초래되었다고 판단되는 경우, 의사가 약물 대신 다른 사람과 관계를 맺을 방법을 대안적으로 처방하는 정책입니다.

강원도 원주의 한 보건 진료소에도 이러한 '사회적 처방'을 찾아볼 수 있었습니다. 참여자들은 전문 치료사들과 예술 활동 프로그램도 함께하고 다른 참여자들과 교류하며 사회적 관계를 회복해 나갔습니다. 중장년 1인 남성 가구의 고립을 막기 위해 만들어진 자조 모임, 각 지역의 1인 가구 지원센터의 사례를 통해서도 관계망 회복의 중요성을 강조했습니다. 뒤이어 광주광역시에서 추진한 도시재생사업으로 시작되어 청년들과 어르신들이 함께 교류하며 살고 있는 청춘 발산마을이 소개되었습니다. 시장, 정부, 개인 모두의 노력이 어우러진 지역사회 공동체를 보며 때로는 혈연보다도 더 선명하게 이어지는 사회적 관계망의 중요성을 알 수 있었습니다.

한 회 전반에 걸쳐 튼튼한 사회적 관계망의 중요성이 시사되는 듯했습니다. 혈연을 넘어선 사회적 가족의 필요성을 살면서 많이 실감했던 터라 공감이 되었습니다. 지금까지 제가 사회의 한 일원으로 잘 살아올 수 있었던 것도 사회적 연결망 덕이었습니다. 가출하고 나서도 많은 분의 도움을 통해 그룹홈에서 지낼 수 있었습니다. 취업 과정에서 겪었던 어려움도 자립 준비 청년 셰어하우스에서 지내면서, 취업 프로그램에 참여하며 조금씩 극복해 나갈 수 있었습니다.

마지막 내레이션 멘트가 흘러나왔습니다. 프로그램에 등장한 출연자분들과 제작진분들이 다 함께 찍었던 단체 사진은 찰칵 소리와 함께 액자로 바뀌며 여운을 남겼습니다.

"서로의 문을 두드리고 안부를 묻는 누군가가 있다는 것만으로
우리 사회는 조금 더 가깝게 연결될 테니까요."

촬영 후 받은 출연료로 다른 셰어하우스 사는 자립 준비 청년들과 다 함께 회식을 했습니다. 함께 촬영한 기자님과도, 선생님과도 종종 서로의 안부를 물으며 인연을 이어갔습니다. 기자님과는 콘서트도 다녀오고 바쁜 와중에도 집에 초대해 주셨습니다. 편한 언니와 대화하듯 서로의 고민을 나누었습니다.

하루는 이병남 선생님과 밥을 먹다 여쭈었습니다.

"선생님! 내레이션 처음 하시는 것 맞으세요? 어떻게 이렇게

편안하게 잘하셨어요?"

"아유 연습 많이 했지~"

선생님은 방송에서 제가 겨우 울음을 참는 표정을 보며 참 마음이 쓰였다고 하셨습니다. 언제든지 편하게 연락드릴 수 있고, 조언을 구할 수 있는 든든한 어른이 되어주셨습니다. 그렇게 촬영을 통해 사회적 연결망이 또 하나 늘었습니다. 원래도 사회적 고립, 고독 문제에 대한 관심이 있었지만, 촬영 이후 관련 기사들을 꾸준히 살펴보곤 했습니다. 국가적으로도 해결책을 찾아 나서고 있고 전국 각지에 사회적 자원들이 있는 만큼, 잘 활용하여 고립 문제 해결에 기여할 수 있으면 좋겠다는 생각이 들었습니다. 막연하게나마 고립 상황에 있거나 고립 경험으로부터 회복 중인 분들을 돕고 싶다는 마음을 키워갔습니다.

아이들과 케이크도 잘 만들고 정신없이 지나가긴 했지만, 크리스마스 파티도 즐겁게 잘 마쳤습니다. 그런데 다른 곳에 문제가 있었습니다.

"원장님이 들어가서 쌤 수업하는 것 좀 보라고 하시더라고요."

몸치고요, 영어 뮤지컬 강사입니다

(부제: 영어 뮤지컬 강사가 된 주디쌤!)

"너희들은 부모님이 왜 좋아?"

새해가 되고 몇 주 지나지 않은 어느 날, 수업을 시작하려는데 다른 강사님이 교실에 들어오셨습니다.

"원장님이 들어가서 쌤 수업하는 것 좀 보라고 하시더라고요."

수업을 참관하는 경우는 둘 중 하나였습니다. 다른 선생님에게 인수인계할 때, 수업에 개선해야 할 부분이 있을 때. 제가 인수인계를 할 일은 없었습니다.

"저도 신이 나는데요? 강의는 잘하는데 주디쌤이 너무 신나는 말투로 수업해서 그런가 봐요."

다른 강사님께서 제 수업을 피드백해 주셨습니다. 공부하는 시간에 아이들이 지루해할까 열심히 오버하며 텐션을 끌어올렸던 기억이 났습니다. 원장님께서 아이들이 너무 산만해질 것을 우려하신 게 아닐까 싶었습니다.

"쌤, 뮤지컬 수업해 볼래요? 취미가 코인노래방 가는 거라며."
"네, 한번 해볼게요."

영어 뮤지컬 수업을 하고 싶다고는 했지만 실은 하고 싶은 마음 반, 부담 반이었습니다. 뮤지컬과 요리 수업을 동시에 한다는 것은 체력 소모가 더욱 커지는 일이기도 했습니다. 뮤지컬 수업을 하려니 몸치라 걱정도 되었습니다.

제가 한 번 수업하는 모습을 보시고 흡족하셨던(?) 원장님은 뮤지컬 수업을 하는 게 좋겠다고 하셨습니다. 그렇게 아이들에게 영어로 요리 수업에 이어 뮤지컬도 함께 가르치게 되었습니다. 요리 수업을 하면서 수업 준비의 중요성을 깨달았기 때문에 수업을 어떻게 구성할지 꼼꼼하게 고민했습니다. 노래도 외우고, 새롭게 동선도 넣어보고 앵콜송 안무도 직접 만들어가며 수업을 준비했습니다. 학습적인 요소를 놓치지 않기 위해 단어 카드도 직접 만들었습니다. 한동안은 근무 시간 외에도 온종일 수업 준비에 매달렸습니다. 마치 제가 무대 연출가가 된 것처럼 설레었습니다. 어색하지만 춤 연습도 했습니다. 다행히 동작들이 어렵지 않고 영상 자료가 있어 보여주면서 함께 춤을 추는 것이라 수월했습니다. 수업 중 동선 지시를 찰떡같이 알아듣고 동선에 맞춰 척척 움직이는 모습에 놀랐습니다. 무대에서 신나게 연기력을 뽐내는 아이들과 공연을 만들어 나갔습니다.

"벌써 끝났어요?"

고객 만족도도 나쁘지 않았습니다. 수업을 거듭하면서 아이들이 영어 스피킹에 자신감이 붙는 모습이 보였습니다. 때로는 같은 내용의 수업을 해도 아이마다 받아들이는 속도가 달라 '언어습득에 있어 재능이 중요한가?' 생각도 했었습니다. 그런데 꼭 그렇지만도 않다는 것을 한 아이를 통해 배웠습니다.

"선생님 너무 어려워요."

"처음 하는 거라 어려운 게 당연한 거야. 다 할 필요 없어. 할 수 있는 만큼만 하면 돼."

"근데 저도 다른 친구들처럼 잘해보고 싶어요."

한 아이는 다른 아이들에 비해 실력은 좀 떨어졌지만, 태도가 참 좋았습니다. 시간이 지나면서 실력이 일취월장하는 모습을 보며 재능 못지않게 태도도 정말 중요하다는 것을 느꼈습니다. 조금 더디다고 생각했던 아이들도 꾸준히 공부하다 보니 실력이 늘어가는 것이 보였습니다. 그러면서 저도 '너무 단기간에 성과를 내려고 욕심내지 말아야지' 하는 다짐을 해보았습니다.

"비켜!"

"나한테 얘기하는 거니? 내가 너 친구야? 똑바로 다시 얘기해!"

아이들을 재미있게 가르치려 하는 동시에 한편으로는 단호하게 지도하는 법도 많이 배웠습니다. 일을 하다 보니 항상 즐거운 일들만 있지는 않았습니다.

하루는 한 아이의 말에 놀랐던 적이 있습니다. 아이가 수업 중에 게임에 이기기 위해 반칙을 썼습니다. 다른 선생님이 "그건 공정하지 않아"라고 지적하자 아이는 "공정하지 않아도 이기면 되잖아요"라고 말했습니다. 아이의 말을 듣고 꽤 놀랐고 동시에 씁쓸했습니다. 커닝하거나 거짓말하는 아이를 어떻게 혼을 내야 하나 고민하기도 했습니다. 예의를 갖추지 않거나 심지어는 책상을 밀치는 아이 앞에서 웃는 얼굴로 수업을 할 수는 없었습니다. 다른 아이들에게 피해가 가지 않는 선에서 단호하게 짚어줄 필요가 있었습니다.

개인적으로는 수업 끝나고 일대일로 잠깐 대화를 나누는 방식을 선호했습니다. 적절한 대응은 상황마다 달라 아이들을 지도하면서 훈육이 필요한 부분에 대해서는 다른 경험 많은 선생님과 원장님 조언을 들으면서 반영했습니다. 때로는 기복이 심한 몇몇 아이들을 케어하기 쉽지 않을 때도 있었습니다. 수업 내내 떼를 쓰는 아이를 보며 '나는 한 시간만 봐도 이렇게 진이 빠지는데' 아이를 키우시는 부모님들이 존경스럽게 느껴졌습니다. 게다가 새 학기가 되었는데 신규 원생 증가 폭이 작년만큼 크지 않다는 것을 느꼈습니다. 어떤 아이들은 도저히 공부가 안 맞는다며, 어떤 아이들은 실력이 일취월장하니 다른 학원으로 떠나기도 했습니다. 원생 수가 점점 줄어들며 완만한 하향곡선을 그리는 듯했습니다.

"학원 강사 일은 계속하려고? 갈수록 아이들이 없다는데…"

주위에서 "안정적인 공무원 도전은 어떠냐?", "갈수록 아이들이 없다는데", "영어 교육이 AI로 대체된다는데"라는 등의 우려를 보냈습니다. AI는 아직은 잘 모르겠지만 갈수록 아이들이 없다는 것은 뉴스에도 많이 보도되고 피부로 느끼고 있던 터라 약간은 신경이 쓰였습니다.

아이들도 진로에 대해 고민이 많은 듯했습니다.

"너는 뭐가 되고 싶어?"

"정말 하고 싶은 게 없어요."

"선생님 나중에는 로봇이 커피 다 만든다는데 바리스타 될 수 있을까요?"

뭘 하고 싶냐는 것, 제게 물어도 대답하기 어려운 질문이었습니다. 아이들과 함께 고민해 봐도 뚜렷한 해답은 보이지 않았습니다. 그렇게 고민을 안고 가정의 달인 5월이 찾아왔습니다. 수업을 준비하면서 '아이들에게 부모님은 어떤 존재일까?' 궁금해졌습니다.

"돈, 가족, 건강 중에 뭐가 가장 중요할까?"

아이들은 대부분 돈보다는 건강, 가족이 더 중요하다고 답했습니다. 또랑또랑한 눈으로 "돈이 아무리 많아도 건강한 게 더 중요해요"라고 하던 아이, 단호하게 "돈이 더 중요해요"라고 외치던 아이의 모습도 기억에 남았습니다.

한 아이는 가족이 제일 중요하다며

"가족 있으면 엄마 아빠가 맛있는 걸 사주니까 돈도 버는 거예요." 하며 배시시 웃었습니다.

아이들은 세상 진지한 모습으로 어버이날에 부모님께 드릴 카드를 정성스럽게 꾸몄습니다. 열심히 편지를 쓰는 아이들에게 물었습니다.

"너희들은 부모님이 왜 좋아?"

"같이 배달시켜 먹으니까."

"그냥 좋으니까."

"항상 옆에 있으니까."

"같이 놀아주니까"하며 저마다 진지하게 답하는 모습이 정말 예뻤습니다. 몇몇 아이들은 '뭐 그리 당연한 것을 물어보나'하는 표정으로 저를 쳐다보았습니다. 순간 누구보다 든든한 가족이 있는 아이들이 내심 부럽기도 했습니다.

"선생님은 엄마 아빠 왜 좋아요?"

"선생님은 집에서 누가 제일 좋아요?"

"선생님 집에서 누가 제일 어려요?

아이들도 제게 궁금한 것들이 많았는지 질문을 쏟아냈습니다. 대답해 주고 싶은 마음은 굴뚝같았지만 "수업 열심히 들으면 얘기해 줄게!" 하고 열심히 공부한 후 집에 돌려보냈습니다.

어버이날에 이어 스승의 날도 다가왔습니다.

"선생님 스승의 날 뭐 갖고 싶어요? 뭐 좋아해요?"

"나는 너희들!"

능청스러움도 많이 늘었습니다.

"저도 좋아해요!"

"아니야 내가 더 좋아해, 저는 선생님 우주만큼 좋아해요!"

"저는 OO이보다 조금 더 좋아해요!"

스승의 날 선물 뭐 갖고 싶냐고 꼬치꼬치 묻는 아이들, 이게 꿈인가 싶었습니다. 함박웃음이 절로 나올 만큼 행복한 순간이었습니다. 스승의 날 아이들이 정성껏 써준 편지에도 큰 감동을 받았습니다. '이 일을 얼마나 할 수 있을까?' 걱정하면서도 정신없이 아이들과 수업하며 보람 있는 순간순간을 느끼고 있었습니다. 이런 소중한 순간들을 기록하려 SNS에 수업 준비하는 제 모습 등을 짧은 영상으로 만들어 종종 올렸습니다. 겸사겸사 학원 계정도 추가해서 홍보도 같이했습니다. 그런데,

"주디쌤 아이들 수업 영상 편집 좀 부탁해요."

뮤지컬, 요리 수업 강의 준비, 아이들 성적표 작성 등 강사 본연의 업무에 이어 때로는 아이들 수업 영상을 편집하기도 했습니다. 약간은 부담이 되었지만 일 하고 싶어도 마음대로 잘 되지 않았던 때도 있었는데, 일 할 수 있다는 것에 감사하며 묵묵히 일했습니다. 다 경험이 되는 일들이니 오늘의 하루가 언젠가의 나에게 도움이 되기를 하는 마음으로 하루하루를 보냈습니다. 나중에 완성된 영상을 보니 내심 뿌듯하기도 했습니다.

"주디쌤 작년에 비해 살이 좀 찐 것 같은데?"

어느 날 함께 일하던 강사님이 너무 마른 것보다 보기 좋다며 이야기를 꺼내셨습니다. 일을 시작하고 한참 후에야 알게 된 사실인데, 원

장님은 저를 처음 봤을 때 업무 강도가 센 강사 일을 제대로 할 수 있을까 걱정이 될 정도로 말랐었다고 하셨습니다. 그래도 시간이 지나면서 요령도 생기고 살도 찐 것을 보니 조금은 여유가 생겼나 봅니다. 영어를 가르치면서 그간 관심 가져왔던 고립 문제와 관련해서도 뭔가 행동할 방법이 없을까 고민하기 시작했습니다.

그러다 한 고립 청년 지원단체를 발견했습니다. '어? 집 근처에 이런 곳이 있네?' 연락을 드리고 찾아가 보았습니다.

고용불안의 그림자가 드리우는 줄도 모르고

(부제: 입사 그리고 퇴사)

"나중에 어떤 사람이 되고 싶어요?"

때때로 시간이 나면 고립 이슈 관련된 기사들을 찾아보곤 했습니다. 그러다 지역에 정신질환 및 고립청년 지원 단체가 생겼다는 인터뷰 기사를 보게 되었습니다. 혼자 힘으로는 고립 문제를 해결하기 어려우니 뜻이 있는 사람들이 모여 함께 행동하면 좋겠다는 생각도 하곤 했습니다. 마침, 활동하는 단체를 보니 응원하고 싶은 마음이 들었습니다. 그러면서 제가 봉사활동이라도 할 수 있을지 문의를 드리고 방문했습니다. 사무실 겸 쉼터에 들어서자마자 너무나도 편안한 분위기에 놀랐습니다. 이야기를 나누다 흥미로운 이야기를 들었습니다.

"지금 채용을 하고 있어서요. 생각 있으시면 지원해 주세요."

자원봉사 정도를 생각하고 방문한 것이라 약간 망설였습니다. 그래도 마침 단체 일을 하고 오후에 학원 출근하면 시간이 딱 맞았습니다. 많이 배울 기회인 것 같아 지원했습니다. 면접을 거쳐 단체에서 일을 시작했습니다. 단체에서 일을 시작하고 보니 숨기지 않아도 되는, 편하게 제 이야기를 할 수 있는 공간이 있다는 것 자체가 참 좋았습니다. 하루는 단체에서 진행하는 프로그램에 참여하는 도중

"나중에 어떤 사람이 되고 싶나요?"라는 질문을 받았습니다. 구체적이진 않았지만 확실하게 원하는 모습을 하나 그려보았습니다.

"일이 끊이지 않고 일할 수 있는 사람이요!"

자조 모임도 하고 프로그램에 참여하면서 다른 참여자분들과도 편하게 교류할 수 있었습니다. 참여자분들도 "얘기할 수 있는 공간이 필요했다"라는 이야기를 많이 해주셨습니다.

"OO님이 밝은 것은 분명 기질적인 것도 영향이 있을 거예요."

프로그램 참여자분들과 이야기를 나누면서 '환경의 영향이 참 크다'라는 것을 느꼈습니다. 제가 대학 졸업 후 정서적 어려움을 경험했던 배경을 쭉 따라가 보니 가정환경, 살면서 경험한 이벤트 등이 떠올랐습니다. 그러면서 저 자신을 깊이 이해할 수 있었습니다. 선천적인 요인들 또한 개인의 삶에 큰 영향을 미친다는 것을 알아차리는 한편, 바꿀 수 없는 것에는 너무 미련을 두지 않는 것이 낫겠다고 결론을 내렸습니다. 단체를 방문해 주시는 분들이 제게 "편하게 대해 주셔서 감사하다"라는 이야기를 해주실 때, 참 뿌듯하고 좋았습니다. 이런 편안한 공간이 더 필요하고 많이 알려졌으면 하는 마음이 들었습니다.

일을 하다 보니 고립은둔청년들이 고립하게 되는 다양한 배경 중 취업 실패로 인한 경우가 참 많았습니다. 고용시장이 얼어붙어 경력직 중심의 채용 경향이 뚜렷해지면서, 청년들이 설 자리가 갈수록 줄어들고 있는 현 상황과 무관치 않아 보였습니다. 해결은 요원해 보이지만 청년 일자리 문제에도 많은 관심이 생겼습니다.

"그냥 쉴래요..." 대졸 백수 400만 '역대 최다', 왜?

하루는 이런 제목의 기사를 보았습니다. 수치는 조금 과장되었다고 생각했으나, 상당수의 청년들이 취업에 어려움이 있는 것은 분명해 보였습니다. 그러다 제게도 고용불안의 그림자가 드리워졌습니다. 재계약이 다가오던 8월 말, 9월부터는 원장님이 바뀐다는 소식을 들었기 때문입니다. 사실 애써 모르는 척 해왔는지도 모르겠습니다. 5월 경 근처에 비슷한 커리큘럼의 학원이 생긴다는 이야기를 전해 들었을 때, 좋은 신호는 아님을 직감했습니다.

그러다 6월 경 타 학원이 오픈을 하자 조금씩 아이들이 이탈했고, 등록문의도 뚝 끊겼습니다. 모두가 걱정했던 경영악화 상황이 현실화하는 듯했습니다. 아마 그 과정에서 원장님도 근심이 많으셨을 것 같습니다. 내내 참 무더웠던 8월경 원장님께서는 학원 인수자를 찾고 있다는 이야기를 해주셨습니다. 마침, 계약 만료 시점도 함께 다가오고 있었습니다. 8월 말 부터는 새 원장님이 학원을 운영하시기로 했다는 이야기를 전해주셨습니다. 조금은 급작스럽게 학부모님들께 원장님이 바뀐다는 소식이 전해졌습니다. 모두가 많이 놀랐지만, 원장님도 학원 경영 관련 상황들을 충분히 공유해 주셨고, 나름대로 고민이 많으셨을 것으로 생각했습니다.

다만 아쉬웠던 부분은 저는 원장님들끼리 강사 고용 연장에 대해서 명확하게 이야기를 나누셨으면 했습니다. 계약 만료가 코 앞인데, 9월부터는 일을 할 수 있는 것인지 불확실한 상황이었습니다. 당혹스러운 마음으로 하염없이 새 원장님이 오시기만을 기다렸습니다. 학부모님들께 안내 문자가 나간 상황에서 새로운 원장님은 언제 오시는지 소식이 없으셨고, 그 사이 학부모님들도 불안한 마음이 크셨던지 매우 큰 폭의 원생 이탈이 있었습니다. 저는 전반적인 상황이 잘 이해가 가진 않았지만, 새 원장님도 학원 운영자가 바뀔 때 원생이 이탈할 수 있는 상황에 대해서 인지하지 못하신 게 아닐까 싶었습니다.

저 멀리서 파도가 밀려오는 한가운데 서 있는 듯한 기분이 들었습니다. 학원을 둘러싼 부수적인 상황을 다 떠나서 아이들이 이렇게 한 번에 많이 학원을 그만둔 것이 참 속상했습니다. 원생 수는 가장 아이들이 많았을 때와 비교하면 반토막이 난 상황이었습니다. 간만에 생각이 참 많아졌고 불안한 마음을 아이들에게 들키지 않으려 애썼습니다.

나중에 느긋한 모습의 새 원장님을 만나고 느낀 것은 학원 운영도 9월 1일부터이니 8월 말에 오신 듯하고, 계약도 기존 강사들과 계속 일할 것이니 굳이 따로 연락하지 않으신 듯했습니다. 성격 급한 저만 한참 속을 끓였습니다. 이 과정에서 커리어적인 고민이 커지면서 결국 비영리 단체 일에 조금 더 집중하기로 했습니다. 아이들 가르치는 일도 참 재미있지만, 목 건강이 많이 악화하면서 잠시 쉬어가는 게 낫겠다는 아쉬운 결정을 내리게 되었습니다. 컨디션을 잘 관리했어야 하는데, 아쉬운 마음이 컸습니다.

"주디쌤! 어깨 펴요! 그러다 나중에 고생한다?"

같이 일하던 강사님이 잔소리를 좀 해야겠다면서 걱정 어린 말투로 이야기해 주셨습니다.

전보다는 조금 썰렁해진 학원이었습니다. 그래도 9월 말까지 1개월 더 근무하면서 새로 오시는 선생님께서 잘 적응하실 수 있도록 인수인계서도 정성껏 만들어 드리고, 아이들과도 부모님들과도 인사를 나눴습니다. 아이들이 제 수업, 그리고 저를 아주 좋아했다는 이야기를 해 주셔서 괜히 참 뭉클했습니다.

학원 일은 그만두지만, 비영리 단체 일에 집중하며 조금 구체적인 진로를 고민해 보려 합니다. 조금 더 필사적으로 개척해야 할 것만 같은 막연한 불안감이 듭니다. 그렇게 또 한 번의 변곡점에 서게 되었습니다.

더 많이 실패하기 위해

(부제: 앞으로의 인생을 위한 지침서 만들기)

'내가 힘들 때 어떻게 이겨냈더라?'

오랜만에 목사님, 사모님 그리고 동생들 보러 지방에 있는 그룹홈에 내려왔습니다. 언제 와도 평화롭고 잔잔하게 행복이 스며드는 공간에서, 간만에 지역 축제도 즐기고 함께 수다도 떨며 쉼을 만끽할 수 있는 시간을 갖게 되었습니다. 한편으로는 쉼이 익숙하지 않고 '뭔가 해야 하는데'하는 압박감이 들기도 합니다. 앞으로 살아가면서 또 많은 도전을 하고 실패를 거듭할 수도 있지만 더 씩씩하게 일어서야 할 것만 같습니다. 마침, 친구와 몇 주 전 통화를 했던 일이 떠올랐습니다. 친구와 통화하며 늘 그렇듯 진로 고민 이야기가 나왔습니다.

"아냐 그래도 잘 이겨내잖아, 비결이 뭐야?"
"글쎄?"

저를 오래 보아온 친구의 말에 한편으로는 참 고마웠습니다. 잘 이겨내는 것처럼 보였을지는 모르겠지만, 잘 이겨낸 것 같진 않았습니다. 돌이켜보니 친구들에게 신세도 많이 졌고, 아쉬운 점들도 많았습니다. 앞으로 다가올 어려움들도 잘 이겨내고 싶은 사람으로서, 언젠가 삶을 돌아보면서 '내가 힘들 때 어떻게 이겨냈었는지 글로 한 번 정리해 봐야겠다'라고 했습니다. 같은 실수를 반복하지 않기 위해 오답 노트를 만드는 것처럼 말입니다.

저 개인적으로 짧은 삶의 여정을 통해 느낀 것은 중요한 것은 실패하지 않는 것이 아니라 실패를 딛고 일어서는 데 있다는 것이었습니다.

기본적으로 밝은 성격을 가지고 있었던 것이 살면서 긍정적으로 작용해 온 것 같았습니다. 그런데 이러한 성향들도 환경에 따라 바뀌곤 했습니다. 상황이 어려워지면 어려워질수록, 고립의 상황이 심화할수록 비관적인 생각을 하는 비중이 월등히 높아졌습니다.

감사 일기 쓰기

'어떻게 잘 살아갈 수 있을까?' 막막하고 불안한 마음이 밀려들 때면 항상 일기를 썼습니다. 때로는 정말 힘이 나지 않을 때도 막막함을 긍정의 힘으로 덮으려 억지로 감사한 것들을 끄집어내었습니다. 감사 일기를 쓰면서 정말 사소한 것이라도 긍정적으로 생각하려고 노력했습니다. 행복해서 웃는 것이 아닌, 웃으니까 행복하다는 말처럼 시간이 지날수록 조금은 기분이 나아지는 것을 느꼈습니다.

기분이 좋지 않은 날, 막막함이 커지는 날에도 글로 써보며 상황을 분석해 보았습니다. 바꿀 수 없는 것이라면, 계속 생각나게 두지 말고, 머릿속에서 기억 저편으로 던져버리는 시늉을 하곤 했습니다. 그렇게 일기를 쓰는 과정에서 취업에 대해 고민해 보고 욕심에 비해 쌓아 놓은 게 많지 않다는 것을 깨닫기도 했습니다. 눈도 낮추고, 욕심의 크기도 낮추면서 개인적으로는 할 수 있는 것들에 집중하려 했던 것 같습니다. 덕분에 지금 지난 시간을 돌아보며 글을 쓸 수 있었습니다. 기억은 저편으로 사라지지만 기록은 언제라도 들여다볼 수 있어 다행입니다.

루틴 만들기

살면서 손꼽히는 섬뜩한 순간을 떠올리면 공기업을 준비하다 포기하고 목표가 없어졌을 때 방 안에 홀로 우두커니 있던 순간인 것 같습니다. 행선지도 없이 같은 자리를 빙빙 돌며 표류하는 듯한 기분이었습니다. 게다가 당시에는 코로나로 사회활동이 위축된 환경이기도 했습니다. 고정적인 수입, 루틴, 인간관계가 없는 상태가 계속될수록 고립의 가능성이 높아진다는 것을 느꼈습니다. 당시 고정적인 수입은 없었지만 아르바이트하며 최소한의 생활비를 벌었습니다.

고정적인 루틴이 없어 만들고자 출근하듯 서점에 방문하고 산책하고 돌아오는 루틴을 만들었습니다. 루틴을 만들기 위해 노력했던 것이 무기력한 생활을 깨는 데 도움이 되었습니다. 최소한의 약속을 정해서 몸을 움직이고, 새벽에 잠들지 않겠다는 약속만큼은 무조건 지켰습니다. 비상시를 대비해 소방 대피 훈련을 하듯, 무기력한 기분이 들 때를 대비해 미리 루틴을 정해놓은 것이 많은 도움이 되었습니다. 요즘에는 무기력한 기분이 들 때면 스마트폰 사용을 중단하고 신나는 노래를 듣습니다. 그리고는 샤워를 하거나 글을 쓰는 루틴이 있습니다.

스트레스 해소 방법 찾기

그렇게 에너지가 생기면서 뭔가 시도해 보고 싶은 의욕이 생겼습니다. 뭔가 해내기 힘들면 목표를 잘게 나눠서 해보라는 목사님의 조언도 참 많은 도움이 되었습니다. 이력서를 쓰는 것부터 천천히 시도해 보았습니다. 마감 기한을 정하기도 하고 어떠한 목표를 달성해야 하는 이유를 되새기곤 했습니다. 그렇게 아르바이트나 일을 하면서 에너지가 소진되지 않도록 관리하는 것도 참 중요했습니다. 제게는 요리를 하거나 코인노래방을 가는 등의 활동이 스트레스 해소에 많은 도움을 주었습니다. 개인적으로 냉장고 파먹기(냉장고 속 남은 재료로 하는 요리)에 굉장한 흥미가 있습니다. 재료를 입력하면 할 수 있는 요리를 알려주는 앱을 참고하거나, 백종원 선생님 유튜브를 보면서 요리하곤 했습니다. 지금도 컨디션이 좋지 않은 날에는 신나는 노래를 틀거나 글을 쓰며 밀려드는 생각을 정리하기도 하는데, 이 때 중요하게 생각하는 것은 생각이 너무 부정적으로 빠지지 않도록 끊어내는 것입니다. 어떤 일의 결과를 성공 아니면 실패와 같이 '모 아니면 도'로 생각하지 않고 삶의 순간들이 다양한 스펙트럼 속에 존재할 수 있음을 상기시키는 편입니다.

사회적 관계망과 지원제도 활용하기

살다 보니 때로는 정말 혼자 힘으로 극복하기 어려운 순간도 있었습니다. 늘 그렇듯 스스로 해결해 보려 했지만, 도움이 간절할 때도 있었습니다. 이따금 밀려드는 외로움을 관리하는 것도 하나의 숙제였습니다. 다행히 의지할 수 있는 좋은 친구들과 어른들이 옆에 있어 연락하고, 산책도 하면서 외로운 마음을 조금이나마 해소할 수 있었습니다. 자립 준비 청년 셰어하우스와 같은 지자체 지원 정책을 통해서도 어려움을 극복해 나갈 수 있었습니다. 주위에 손을 내밀어 사회적 관계를 만들어 나갈 때 조금은 어려움을 극복하기 수월해지는 것 같았습니다.

그래서 이러한 경험을 바탕으로 비영리 단체에서 '무기력 극복 챌린지'프로그램을 기획했습니다.

1) 무기력한 감정을 알아차리고
2) 자신만의 극복 방법을 정하고

3) 실천을 반복해 보는 활동을 함께했습니다.

챌린지를 통해 함께 사회적 연결감을 만들어내면서 다른 참여자분들로부터 저도 참 많은 힘을 얻었습니다. 최근에는 취업이 어려운 청년들에게 인턴십 기회를 제공하는 사업을 수행하고 있는데, 사업 전반에 대해서도 많이 배우고 있습니다.

짧은 인생 경험을 가지고 어려움을 잘 이겨내는 법에 대한 글을 써 보려니 부족함이 많이 보입니다. 저마다 살아가며 삶의 지혜를 쌓아가듯 저 또한 살면서 보완해야 할 듯합니다.

"머물러 있으면 안 돼."

목사님과 담소를 나누면서 머물러있지 말고, 끊임없이 시도해 보라는 말씀에 공감이 많이 가 기억에 오래 남았습니다. 앞으로도 살면서 어려운 순간들을 마주할 때마다 그간 써 내려갔던 글들을 보며 치열하게 살아낸다면 좋겠습니다. 이야기는 여기서 끝나지만 제 삶은 또 다른 시작을 향해 나아갈 것입니다.

에필로그 - 내 편이 없다고 생각했는데

에필로그 - 내 편이 없다고 생각했는데

살다 보니 혈연 가족 없는 제게
비혈연 가족이 생겼습니다.

제게 법적 가족이 아닌 사회적 가족이 있다는 것을 조금은 특별하게 여겨 '가족 없는 나에게 가족이 있다는 것'이라는 제목을 지었던 것이 글의 시작이었습니다. 든든한 혈연 가족이 있으면 좋지만, 다양한 이유로 가족 공동체의 붕괴를 겪는 분들이 많습니다. 제 이야기를 통해 누구라도 든든하게 의지할 수 있는 사회적 공동체가 있었으면 하는 바람도 함께 담았습니다.

글을 써내려 가면서 삶을 돌아보고 교훈이 있다면 찾아보고자 했는데, 회고해 보니 사회의 한 일원으로 살아가기 위해 정말 많은 분들의 도움이 필요했습니다. 어린 시절의 저는 '내 편이 없다면 내가 내 편이 되자'라고 생각했습니다. 그런데 항상 어려운 순간마다, 도움이 간절한 순간마다 도움을 주었던 좋은 어른들, 친구들 덕분에 지금의 제가 있을 수 있었습니다. 제가 받았던 도움들이 켜켜이 쌓여 지금의 저를 만들어낸 것처럼, 저도 누군가에게 받았던 도움을 조금이나마 나눠 줄 수 있는 삶을 산다면 더할 나위 없이 기쁠 것 같습니다.

혼자여도 괜찮고, 함께하면 더 즐거운 세상에 살고 싶습니다.

<작가의 말: 감사 인사>

저는 영화나 드라마 등을 즐겨보는 편은 아니지만 해피엔딩은 참 좋아합니다. 현실의 어려움과는 또 다른 행복한 장면들을 영화로나마 보고 싶은 마음이 투영된 것 같습니다.

글이 어느 정도 마무리가 될 때쯤 아이들과 행복하게 일하는 선생님의 모습으로 마무리를 장식하려 했는데, 늘 예상대로 흘러가지 않듯 현실의 끝은 예상과는 달랐지만, 덕분에 조금 더 삶을 돌아볼 수 있었던 것 같습니다.

소설이 아닌 실제 일상을 기록하는 것이기에 힘든 기억을 헤집어 이야기를 꺼내는 것, 솔직하게 글의 형태로 풀어쓰는 것들은 제게 나름 도전이었습니다. 글을 쓰는 과정에서 많이 성장하고 위안을 얻었습니다. 제게 보내주신 애정 어린 관심과 응원 덕에 끝까지 해낼 수 있었던 것 같습니다.

제 이야기를 읽어주셔서 감사드립니다.
여러분 모두의 평안과 안녕을 기원합니다!
또 뵙겠습니다!

가족 없는 나에게 가족이 있다는 것

초판	1쇄 발행
발행일	2025.5.16
지은이	박인경
펴낸이	김일환
총괄	박지원
편집	정연미 강해라
디자인	홍성미 고은비
마케팅	박주영
경영지원	임태현 박찬윤
펴낸곳	우리가본어라운드

-

우리가본 어라운드는, '교회'를 둘러싼 모든 미디어를 '1:1' 메칭으로 제작해 드리는 서비스입니다.
월 구독 서비스로 진행되며, 일대일 메칭을 통한, 최고의 작가가 제작하는 프리미엄 디자인과,
시그니처한 영상제작을 경험할수 있습니다.
또한 1:1 메칭을 통한 교회의 최적화된 홈페이지 제작과 최상급의 출판 서비스를 경험할수 있습니다.

-

주소 07387 서울특별시 영등포구 신길로 165(신길동) 3층
전화 070-8080-3731

이메일 kih1037@naver.com
홈페이지 www.urigabonchurch.com
인스타그램 instagram.com/urigabon_around

ⓒ이 출판물은 저작권법에 의해 보호를 받는 저작물이므로 무단 전재와 부단 복제를 할 수 없습니다.
ⓒ이 책의 표지 및 본문은 '을유1945' 서체를 사용했습니다.

책값 뒤표지에 있습니다.
ISBN 979-11-964985-8-0

-

우리가본 어라운드 수칙
1. 시대의 흐름에 휩쓸리지 않고 살아있는 진리를 전한다.
2. 하나님께 배우고 인도받는 겸손한 자세로 나아간다.
3. 작가와 협력하여 하나님의 뜻을 담은 책을 만든다.
4. 책의 영적 깊이와 품질을 최우선으로 한다.
5. 독자의 신앙적 필요에 귀 기울인다.
6. 책을 통한 복음 전파를 사명으로 삼는다.